U0660084

假如我有九条命

余光中散文精选集

北方联合出版传媒（集团）股份有限公司

万卷出版有限责任公司

余光中 著

图书在版编目（CIP）数据

假如我有九条命 / 余光中著. -- 沈阳 : 万卷出版
有限责任公司，2023.1
　ISBN 978-7-5470-6120-6

　Ⅰ. ①假… Ⅱ. ①余… Ⅲ. ①散文集－中国－当代②
中国文学－当代文学－文学评论－文集 Ⅳ. ①I267
②I206.7-53

　中国版本图书馆CIP数据核字(2022)第208323号

出版发行：北方联合出版传媒（集团）股份有限公司
　　　　　万卷出版有限责任公司
　　　　　（地址：沈阳市和平区十一纬路29号　邮编：110003）
印　刷　者：唐山市铭诚印刷有限公司
经　销　者：全国新华书店
幅面尺寸：127mm×190mm
字　　数：265千字
印　　张：7
出版时间：2023年1月第1版
印刷时间：2023年1月第1次印刷
责任编辑：齐丽丽
责任校对：刘　洋
策划编辑：杨莹莹　闫　静
封面设计：木子鲜
ISBN 978-7-5470-6120-6
定　　价：42.00元
联系电话：024-23284090
传　　真：024-23284448

目录

时光流过的回声狭谷

时光流过

那条长巷的回声狭谷

前述的几人

也都散了

记忆像铁轨一样长

我的中学时代在四川[①]的乡下度过。那时正当抗战，号称天府之国的四川，一寸铁轨也没有。不知道为什么，年幼的我，在千山万岭的重围之中，总爱对着外国地图，向往去远方游历，而且见到月历上有火车在旷野奔驰，曳着长烟，便心随烟飘，悠然神往，幻想自己正在那一排长窗的某一扇窗口，无穷的风景为我展开，目的地呢，则远在千里外等我，最好是永不到达，好让我永不下车。那平行的双轨从天边疾射而来，像远方伸来的双手，要把我接去未知；不可久视，久视便受它催眠。

乡居的少年那么神往于火车，大概是因为它雄伟而修长，轩昂的车头一声高啸，一节节的车厢铿铿跟进，那气派真是慑人。至于轮轨相击枕木相应的节奏，初则铿锵而慷慨，继则单调而催眠，也另有一番情韵。过桥时俯瞰深谷，真若下临无地，蹑虚而行，一颗心，也忐忐忑忑待在半空。黑暗迎面撞来，当头罩下，一点准备也没有，那是过山洞。惊魂未定，两壁的回声轰动不绝，你已经愈陷愈深，冲进山岳的盲肠去了。

---

① 作者中学时代在四川省江北县度过，民国二十二年（1933）划入重庆市。

光明在山的那一头迎你，先是一片幽昧的微熹，迟疑不决，蓦地天光豁然开朗，黑洞把你吐回给白昼。这一连串的体验，从惊到喜，中间还带着不安和神秘，历时虽短而印象很深。

坐火车最早的记忆是在十岁。正是抗战第二年，母亲带我从上海乘船到安南，然后乘火车北上昆明。滇越铁路与富良江平行，依着横断山脉蹲踞的余势，江水滚滚向南，车轮铿铿向北。也不知越过多少桥，穿过多少山洞。我靠在窗口，看了几百里的桃花映水，真把人看得眼红、眼花。

入川之后，刚亢的铁轨只能在山外远远喊我了。一直要等胜利还都，进了金陵大学，才有京沪路上疾驶的快意。那是大一的暑假，随母亲回她的故乡武进，铁轨无尽，伸入江南温柔的水乡，柳丝弄晴，轻轻地抚着麦浪。可是半年后再坐京沪路的班车东去，却不再中途下车，而是直达上海。那是最难忘的火车之旅了：红旗渡江的前夕，我们仓皇离京，还是母子同行，幸好儿子已经长大，能够照顾行李。车厢挤得像满满一盒火柴，可是乘客的四肢却无法像火柴那么排得平整，而是交肱叠股，摩肩错臂，互补着虚实。母亲还有座位。我呢，整个人只有一只脚半踩在茶几上，另一只则在半空，不是虚悬在空中，而是斜斜地半架半压在各色人等的各色肢体之间。这么维持着"势力平衡"，换腿当然不能，如厕更是妄想。到了上海，还要奋力夺窗而出，否则就会被新拥上来的回程旅客夹在中间，夹回南京去了。

来台之后，与火车更有缘分。什么快车慢车、山线海线，都有缘在双轨之上领略，只是从前路上的东西往返，这时，变成了纵贯线上的南北来回，滚滚疾转的风火轮上，现代哪吒的心情，有时是出发的兴奋，有时是回程的慵懒，有时是午晴的遐思，有时是夜雨的寂寞。大玻璃窗招来豪阔的山水，远近的城村；窗外的光景不断，窗内的思绪不绝，真成了情景交融。尤其是在长途，终站尚远，两头都搭不上现实，这是你一切都被动的过渡时期，可以绝对自由地大想心事，任意识乱流。

饿了，买一盒便当充午餐，虽只一块排骨几片酱瓜，但在快览风景的高速动感下，却显得特别可口。台中站到了，车头重重地喘着气，颈挂着零食拼盘的小贩一拥而上，太阳饼、凤梨酥的诱惑总难以拒绝。照例一盒盒买上车来，也不一定是为了有多美味，而是细嚼之余有一股甜津津的乡情，以及那许多年来，唉，从年轻时起，在这条线上进站、出站、过站、初旅、重游、挥别，重重叠叠的回忆。

最生动的回忆却不在这条线上，在阿里山和东海岸。拜阿里山是在十二年前。朱红色的窄轨小火车在洪荒的岑寂里盘旋而上，忽进忽退，忽蠕蠕于悬崖，忽隐身于山洞，忽又引吭一呼，回声在峭壁间来回反弹。万绿丛中牵曳着这一线媚红，连高古的山颜也板不起脸来了。

拜东岸的海神却近在三年以前，是和我存一同乘电气化火车从北回归线南下。浩浩的太平洋啊，日月之所出，星斗之所生，毕竟不是海峡所能比，东望，是令人绝望的水蓝世界，起伏不休的咸波，在远方，摇撼着多少个港口、多少船只，扪不到边，探不到底，海神的心事就连长锚千丈也难窥。一路上怪壁碍天，奇岩镇地，被千古的风浪刻成最丑也最美的形貌，罗列在岸边如百里露天的艺廊，刀痕刚劲，一件件都凿着时间的签名，最能满足狂士的"石癖"。不仅岸边多石，海中也多岛。火车过时，一个一个岛屿都不甘寂寞，跟它赛跑起来。毕竟都是海之囚，小的，不过跑三两分钟；大的，像海龟岛，也只能追逐十几分钟，就认输放弃了。

萨洛扬的小说里，有一个寂寞的野孩子，每逢火车越野而过，总是兴奋地在后面追赶。四十年前在四川的山国里，对着世界地图悠然出神的，也是那样寂寞的一个孩子，只是在他的门前，连火车也不经过。后来远去海外，越洋过海，坐的却常是飞机，而非火车。飞机虽可想成庄子的逍遥之游，列子的御风之旅，但是出没云间，游行虚碧，变化不多，机窗也太狭小，久之并不耐看。哪像火车的长途，催眠的节奏，多变的风景，从车窗里看出去，又像是在人间，又像驶出了世外。所以在海外旅行，凡铿铿的双轨能到之处，我总是站在月台——名副其实的"长亭"——上面，等那阳刚之美的火车轰轰隆隆其势不断地蹿进站来，来载我去远方。

在美国的那几年，坐过好多次火车，在爱荷华城①读书的那一年，常坐火车去看刘鎏和孙璐。美国是汽车王国，火车并不考究。去芝加哥的老式火车颇有十九世纪遗风，坐起来实在不大舒服，但沿途的风景却看之不倦。尤其到了秋天，原野上有一股好闻的焦味，太阳把一切成熟的东西焙得更成熟，黄透的枫叶杂着赭尽的橡叶，一路艳烧到天边，谁见过那样美丽的"火灾"呢？过密西西比河，铁桥上敲起空旷的铿锵，桥影如网，到暮色在窗，芝城的灯火迎面渐密，那黑人老车长就喉音重浊地喊出站名：Tanglewood！

有一次，从芝城坐火车回爱荷华城。正是圣诞假后，满车都是回校的学生，大半还背着、拎着行囊，更显得拥挤。我和好几个美国学生挤在两节车厢之间，等于站在老火车轧轧交挣的关节上，又冻又渴。饮水的纸杯在众人手上，从厕所一路传到我们跟前。更严重的问题是不能去厕所，因为连那里也站满了人。火车原已误点，我们在哈气翳窗的芝城总站上早已困

①即艾奥瓦城。下同。——编者注

立了三四个小时，偏偏隆冬的膀胱最容易注满。终于"满载而归"，一直熬到爱大的宿舍。一泻之余，顿觉身轻若仙，重心全失。

美国火车经常误点，真是恶名昭著。我在美国下决心学开汽车，完全是被老天爷激出来的。火车误点，或是半途停下来等到地老天荒，甚至为了说不清楚的深奥原因向后倒开，都是最不浪漫的事。几次耽误，我一怒之下，决定把方向盘握在自己手里，不问山长水远，都可即时命驾。执照一到手，便与火车分道扬镳，从此我骋我的高速路，它敲它的双铁轨。不过在高速路旁，偶见迤迤的列车同一方向疾行，那修长而魁伟的体魄，那稳重而剽悍的气派，尤其是在天高云远的西部，仍令我心动。总忍不住要加速去追赶，兴奋得像西部片里马背上的大盗，直到把它追进了山洞。

一九七六年去英国，周榆带我和彭歌去剑桥一游。我们在维多利亚车站的月台上候车，匆匆来往的人群，使人想起那许多著名小说里的角色，在这"生之旋涡"里卷进又卷出的神色与心情。火车出城了，一路上开得不快，看不尽人家后院晒着的衣裳和红砖翠篱之间明艳而动人的园艺。那年西欧大旱，耐干的玫瑰却恣肆着娇红。不过是八月底，英国给我的感觉却是过了成熟焦点的晚秋，尽管是迟暮了，仍不失为美人。到剑桥飘起霏霏的细雨，更为那一幢幢严整雅洁的中世纪学院平添了一分迷蒙的柔美。经过人文传统日琢月磨的景物，究竟多一种沉潜的秀逸气韵，不是铝光闪闪的新厦可比。在空幻的雨气里，我们撑着黑伞，踱过剑河上的石洞拱桥，心底回旋的是弥尔顿牧歌中的抑扬名句，不是硖石才子的江南乡音。红砖与翠藤可以为证，半部英国文学史不过是这河水的回声。雨气终于浓成暮色，我们才挥别了灯暖如橘的剑桥小站。往往，大旅途里最具风味的，是这种一日来回的"便游"（side trip）。

两年后我去瑞典开会，回程顺便一游丹麦与德国，特意把斯德哥尔摩到哥本哈根的机票，换成黄底绿字的美丽的火车票。这一回程如果在云上直飞，一小时便到了，但是在铁轨上轮转，从上午八点半到下午四点半，却足足走了八个小时。云上之旅海天一色，美得未免抽象。风火轮上八个小时的滚滚滑行，却带我深入瑞典南部的四省，越过青青的麦田和黄艳艳的荠菜花田，攀过银桦蔽天杉柏密矗的山地，渡过北欧之喉的峨瑞升德海峡，在香熟的夕照里驶入丹麦。瑞典是森林王国，火车上凡是门窗几椅之类都用木制，给人的感觉温厚可亲。车上供应的午餐是烘面包夹鲜虾仁，灌以甘洌的嘉士伯啤酒，最合我的胃口。瑞典南端和丹麦北部这一带，陆上多湖，海中多岛，我在诗里曾说这地区是"屠龙英雄的泽国，伴狂王子的故乡"，想象中不知有多阴郁、多神秘。其实那时候正是春夏之交，纬度高远的北欧日长夜短，柔蓝的海峡上，迟暮的天色久久不肯落幕。我在延长的黄昏里独游哥本哈根的夜市，向人鱼之港的灯影花香里，寻找亦真亦幻的传说。

德国之旅，从杜塞尔多夫到科隆的一程，我也改乘火车。德国的车厢跟瑞典的相似，也一边是狭长的过道，另一边是方形的隔间，装饰古拙而亲切，令人想起旧世界的电影。乘客稀少，由我独占一间，皮箱和提袋任意堆在长椅上。银灰与橘红相映的火车沿莱茵河南下，正自然浏览河景，查票员说科隆到了。刚要把行李提上走廊，猛一转身，忽然瞥见蜂房蚁穴的街屋之上峻然拔起两座黑黝黝的尖峰，瞬间的感觉，极其突兀而可惊。定下神来，火车已经驶近那一双怪物，峭险的尖塔下原来还整齐地绕着许多小塔，锋芒逼人，拱卫成一派森严的气象，那么崇高而神秘，中世纪哥特式的肃然神貌耸在半空，无闻于下界琐细的市声。原来是科隆的大教堂，在莱茵河畔顶天立地已七百多岁。火车在转弯。不知道是否因为微侧，竟感觉那一对巨塔也巍然倾斜，令人吃惊。不知飞机回降时成何景象，至少火车进城这一幕十分壮观。

台湾中南部的大学常请台北的教授前往兼课，许多朋友不免每星期南下台中、台南或高雄。从前龚定盦^①奔波于北京与杭州之间，柳亚子说他"北驾南舣到白头"。这些朋友在岛上南北奔波，看样子也会奔到白头，不过如今是在双轨之上，不是驾马舣舟。我常笑他们是演《双城记》。其实近几十年来，自己在台北与香港之间，何尝不是如此？在台北，三十年来我一直以厦门街为家。现在的汀洲街二十年前是一条窄轨铁路，小火车可通新店。当时年少，我曾在夜里踏着轨旁的碎石，脚步声轧轧地走回家去，有时索性走在轨道上，把枕木踩成一把平放的长梯。时常在冬日的深宵，诗写到一半，正独对天地之悠悠，寒战的汽笛声会一路沿着小巷呜呜传来，凄清之中有其温婉，好像在说：全台北都睡了，我也要回去了，你，还要独撑这倾斜的世界吗？夜半钟声到客船，那是张继。而我，总还有一声汽笛。

在香港，我的楼下是山，山下正是广九铁路^②的中途。从黎明到深夜，在阳台下滚滚碾过的客车、货车，至少有一百班。初来的时候，几乎每次听见车过，都不禁要想起铁轨另一头的那片土地，简直像十指连心。十年下来，那样的节拍也已听惯，早成大寂静里的背景音乐，与山风、海潮合成浑然一

---

① 龚自珍，号定盦（ān）。
② 广九铁路于二十世纪初建成通车。1949年，广深段改名为广深铁路；1996年，香港段改名为东铁线。

片的天籁了。那轮轨交磨的声音，远时哀沉，近时壮烈，清晨将我唤醒，深宵把我摇醒，已经潜入了我的脉搏，与我的呼吸相通。将来我回台湾，最不惯的恐怕就是少了这金属的节奏，那就是真正的寂寞了。也许应该把它录下来，用最敏感的机器，以备他日怀旧之需。附近有一条铁路，就似乎把住了人间的动脉，总是有情的。

　　香港的火车电气化之后，大家坐在冷静如冰箱的车厢里，忽然又怀起旧来，隐隐觉得从前的黑头老火车，曳着煤烟而且重重叹气的那种，古拙刚愎之中仍不失可亲的味道。在从前那种火车上，总有小贩穿梭于过道，叫卖斋食与"凤爪"，更少不了的是报贩。普通票的车厢里，不分三教九流，男女老幼，都杂杂沓沓地坐在一起，有的默默看报，有的怔怔望海，有的瞌睡，有的啃鸡爪，有的闲闲地聊天，有的慷慨激昂地痛论国是，但旁边的主妇并不理会，只顾着呵斥自己的孩子。如果你要香港社会的样品，这里便是。周末的加班车上，更多广州返来的回乡客，一根扁担，就挑尽了大包小笼。此情此景，总令我想起杜米叶（Honoré Daumier）的名画《三等车上》。只可惜香港没有产生自己的杜米叶，而电气化后的明净车厢里，从前那些汗气、土气的乘客，似乎一下子不见了，小贩们也绝迹于月台。我深深怀念那个摩肩抵肘的时代。站在今日画了黄线的整洁月台上，总觉得少了一点什么，直到记起了从前那一声汽笛长啸。

写火车的诗很多，我自己也写过不少。我甚至译过好几首这样的诗，却最喜欢土耳其诗人塔朗吉（Cahit Sitki Taranci）的这首：

去什么地方呢？这么晚了，
美丽的火车，孤独的火车？
凄苦是你汽笛的声音，
令人记起了许多事情。

为什么我不该挥舞手巾呢？
乘客多少都跟我有亲。
去吧，但愿你一路平安。
桥都坚固，隧道都光明。

一九八四年五月七日

没有邻居的都市

1

六年前从香港回来，就一直定居在高雄，无论是醒着梦着，耳中隐隐，都是海峡的涛声。老朋友不免见怪：为什么我背弃了台北。我的回答是：并非我背弃了台北，而是台北背弃了我。

在南部这些年来，若无必要，我决不轻易北上。有时情急，甚至断然说道："拒绝台北，是幸福的开端！"因为事无大小，台北总是坐庄，诸如开会、演讲、聚餐、展览等等，要是台北一招手就仓皇北上，我在高雄的日子就过不下去了。

这么说来，我真像一个无情的人了，简直是忘恩负义。其实不然。我不去台北，少去台北，怕去台北，绝非因为我忘了台北，恰恰相反，是因为我忘不了台北——我的台北，从前的台北。那一坳繁华的盆地，那一盆少年的梦，壮年的回忆，盛着我初做丈夫，初做父亲，初做作家和讲师的情景，甚至更早，盛着我还是学生还有母亲的岁月——当时灿烂，而今已成黑白片了的五十年代，我的台北。无论我是坐"国光号"[①]从西北，或是坐"自强号"从西南，或是坐"华航"[②]从东北进城，那个台北是永远回不去了。

至于从八十年代忽已跨进九十年代的台北，无论从报上读到，从电视上看到，或是亲身在街头遇到的，大半都不能令人高兴；无论先知或骗子用什么"过渡""多元""开放"来诠释，也不能令人感到亲切。你走在忠孝东路上，整个亮丽而嚣张的世界就在你肘边推挤，但一切又似乎离你那么遥远，什么也抓不着，留不住。像传说中一觉醒来的猎人，下得山来，闯进了一个陌生的世界，你走在台北的街上。

所谓乡愁，如果是地理上的，只要一张机票或车票，带你到熟悉的门口，就可以解决了。如果是时间上的呢，那所有的路都是单行，所有的门都闭上了，没有一扇能让你回去。经过香港的十年，我成了一个时间的浪子，背着记忆沉重的行囊，回到台北的门口，却发现金钥匙丢了，我早已把自己反锁在门外。

惊疑和怅惘之中，即使我叫开了门，里面对立着的，也不过是一张陌生的脸，冷漠而不耐。

"那你为什么去高雄呢？"朋友问道，"高雄就认识

---

① 即台湾"国光客运"。——编者注
② 即台湾中华航空股份有限公司的航班。——编者注

你吗？"

"高雄原不识年轻的我，"我答道，"我也不认识从前的高雄。所以没有失落什么，一切可以从头来起。台北不同，背景太深了，自然有沧桑。台北盆地是我的回声谷，无穷的回声绕着我，崇着我，转成一个记忆的旋涡。"

2

那条厦门街的巷子当然还在那里。台北之变，大半是朝东北的方向，挖土机对城南的蹂躏，规模小得多了。如果台北盆地是一个大回声谷，则厦门街的巷子是一条曲折的小回声谷，响着我从前的步声。我的那条"家巷"，——三巷，巷头连接厦门街，巷尾通到同安街，当然仍在那里。这条窄长的巷子，颇有文学的历史。五十年代，《新生报》的宿舍就在巷腰，常见彭歌的踪影。有一度，潘垒也在巷尾卜居。《文学杂志》的时代，发行人刘守宜的寓所，亦即杂志的社址，就在巷尾斜对面的同安街另一小巷内。所以那一带的斜巷窄弄，也常闻夏济安、吴鲁芹的咳唾风生，夏济安因兴奋而赧赧的脸色，对照着吴鲁芹泰然的眸光。王文兴家的日式古屋掩映在老树荫里，就在同安街尾接水源路的堤下，因此脚程所及，也常在附近出没。那当然还是《家变》以前的湮远岁月。后来黄用家也迁去——三巷，门牌只差我家几号，一阵风过，两家院子里的树叶都会前后吹动的。

赫拉克利特说过："后浪之来，滚滚不断。拔足更涉，已非前流。"时光流过那条长巷的回声狭谷，前述的几人也都散了。只留下我这厦门人氏，长守在厦门街的僻巷，直到八十年代的中叶，才把它，我的无根之根，非产之产，交给了晚来的洪范书店和尔雅出版社去看顾。

只要是我的"忠实读者"，没有不知道厦门街的。近乎半辈子在其中消磨，母亲在其中谢世，四个女儿和十七本书在其中诞生，那一带若非我的乡土，至少也算是我的市井、街坊、闾里或故居。若是我患了梦游症，警察当能在那一带将我寻获。

尽管如此，在我清醒的时刻，是不会去重游旧地的。尽管每个月必去台北，却没有勇气再踏进那条巷子，更不敢去凭吊那栋房子，因为巷子虽已拓宽、拉直，两旁却立刻停满了汽车，反而更显狭隘。曾经是扶桑花、九重葛掩映的矮墙头，连带扶疏的树影全不见了，代之矗起的是层层叠叠的公寓，和另一种枝柯的天线之网。清脆的木屐敲叩着满巷的宁谧，由远而近，由近而低沉。清脆的脚踏车铃在门外叮叮曳过，那是早晨的报贩，黄昏放学的学生，还有三轮车夹杂在其间。夜深时自有另外的声音来接班，凄清而幽怨的是盲者的笛声，悠缓地路过，低抑中透出沉洪的，是呼唤晚睡人的"烧肉粽"。那烧肉粽，一掀开笼盖白气就腾入夜色，我虽然从未开门去买过，但是听在耳里，知道巷子里还有人在和我分担深夜，却减了我的寂寞。

但这些都消失了，拓宽而变窄的巷子，激荡着汽车、爆发着机车的噪声。巷里住进了更多的人，却失去了邻居，因为回家后人人都把自己关进了公寓，出门，又把自己关进了汽车。走在今日的巷子里，很难联想起我写的《月光曲》：

厦门街的小巷纤细而长
用这样干净的麦管吸月光
凉凉的月光，有点薄荷味的月光

而机器狼群的厉嗥，也掩盖了我的《木屐怀古组曲》：

踢踢踏
踏踏踢
给我一双小木屐
让我把童年敲敲醒

像用笨笨的小乐器

从巷头

到巷底

踢力踏拉

踏拉踢力

3

五十年代的青年作者要投稿，报纸的副刊是兵家必争之地。我从香港来台，插班台大①外文系三年级，立刻认真向此副刊投稿，每投必中。只有一次诗稿被退，我不服气，把原诗再投一次，竟获刊出。这在中国的投稿史上，不知有无前例。最早的时候，每首诗的稿酬是五元，已经够我带女友去看一场电影，吃一次馆子了。

诗稿每次投去，大约一周之后刊登。算算日子到了，一大清早只要听到前院啪嗒一声，那便是报纸从竹篱笆外飞了进来。我就推门而出，拾起大王椰树下的报纸，就着玫红的晨曦，轻轻、慢慢地抽出里面的副刊。最先瞥见的总是最后一行诗，只一行就够了，是自己的。那一刹那，世界多奇妙啊，朝霞是新的，报纸是新的，自己的新作也是簇簇新崭崭新的。编者又一

① 即台湾大学。——编者注

次肯定了我，世界，又一次向我瞩目，真够人飘飘然的了。

不久稿费通知单就来了，静静抵达门口的信箱。当然还有信件、杂志、赠书。世界来敲门，总是骑着脚踏车来的，刹车声后，更揿动痉挛的电铃。我要去找世界呢，也是先牵出轻俊而灵敏的赫拉克勒斯（Hercules）①，左脚点镫，右脚翻腾而上，曳一串爽脆的铃声，便上街而去。脚程带劲而又顺风的话，下面的双轮踩得出叱咤的气势，中山北路女友的家，十八分钟就到了。

台大毕业的那个夏夜，我和萧垅胜并驰脚踏车直上圆山，躺在草地上怔怔地对着星空。学生时代终于告别了，而未来充满了变数，不知如何是好。那时候还没有流行什么"失落的一代"，我们却真是失落了。幸好人在社会，身不由己。大学生毕业后受训、服役，从我们那一届开始。我们是外文系出身，不必去凤山严格受训，便留在台北做起翻译官来。直到一九五六年，夏济安因为事忙，不能续兼东吴的散文课，要我去代课。这是我初登大学讲坛的因缘。

住在五十年代的台北，自觉红尘十丈，够繁华的了。其实人口压力不大，交通也还流畅，有些偏僻街道甚至有点田园的野趣。骑着脚踏车，在和平东路上向东放轮疾驶，跷起的

① 赫拉克勒斯，古希腊神话中的大力神，在此处指"大力神"牌自行车。

拇指山峦有性格地一直在望，因为前面没有高楼，而一过新生南路，便车少人稀，屋宇零落，开始荒了。双轮向北，从中山北路二段右转上了南京东路，并非今日宽坦的四线大道，啊不是，只是一条粗铺的水泥弯路，在水田青秧之间蜿蜒而隐。我上台大的那两年，双轮沿罗斯福路向南，右手尽是秧田接秧田，那么纯洁无辜的鲜绿，偏偏用童真的白鹭来反喻，怎不令人眼馋，若是久望，真要得"餍绿症"了。这种幸福的危机，目迷霓虹的新台北人是不用担心的。

大四那一年的冬天，一日黄昏，寒流来袭，吴炳钟老师召我去他家吃火锅。冒着削面的冰风骑车出门，我先去衡阳街兜了一圈。不过八点的光景，街上不但行人稀少，连汽车、脚踏车也见不到几辆，只有阴云压着低空，风声摇撼着树影。五十年代的台北市，今日回顾起来，只像一个不很起眼的小城，繁荣或壮丽都说不上，可是空间的感觉似乎很大，因为空旷，至少比起今日来，人稀车少，树密屋低。四十年后，台北长高了，显得天小了，也长大了，可是因为挤，反而显得缩了。台北，像裹在所有台北人身上的一件紧身衣。那紧，不但是对肉体，也是对精神的压力，不但是空间上，也是时间上的威胁。一根神经质的秒针，不留情面地追逐着所有的台北人。长长短短的截止日期，为你设下了大限小限，令你从梦里惊醒。只要一出门，天罗地网的招牌、噪声、废气、信息……就把你鞭笞成一只无助的陀螺。

何时你才能面对自己呢？

那时的武昌街头，一位诗人可以靠在小书摊上，君临他独坐的王国，与磨镜自食的斯宾诺莎，以桶为家的第欧根尼遥遥对笑。而牯岭街的矮树短墙下，每到夜里，总有一群梦游昔日的书迷，或老或小，或伛偻，或蹲踞，向年湮代远的一堆堆一**叠叠**残篇零简、孤本秘籍，各发其思古之幽情。

那时的台北，有一种人叫作"邻居"。在我厦门街巷居的左邻，有一家人姓程。每天清早，那父亲当庭漱口，声震四方。晚餐之后，全家人合唱圣歌，天伦之乐随安详的旋律飘过墙来。四十年后，这种人没有了。旧式的"厝边人"全绝迹了，换了一批戴面具的"公寓人"。这些人显然更聪明、更富有、更忙碌，爱拼才会赢，令人佩服，却难以令人喜欢。

台北已成没有邻居的都市。

我常常回忆发迹以前的那座古城。它在电视和计算机的背后，传真机和移动电话的另一面。坐上三轮车我就能回去，如果我找得到一辆三轮车。

一九九二年一月

隔水呼渡

1

1600CC的白色旅行车，一路上克令亢朗，终于来到盘盘山径的尽头，重重地喘了一口大气，松下满身的筋骨。天地顿然无声。高岛说前面无路了，得下车步行。三个人推门而出，走向车尾的行李箱。高岛驮起铁架托住的颤巍巍背囊，本已魁梧的体魄更显得幢幢然，几乎威胁到四周的风景。宓宓拎着两只小旅行袋，脚上早已换了雪白的登山鞋。我一手提着帆布袋，另一手却提着一个扁皮箱。事后照例证明这皮箱迂阔而可笑，因为山中的日月虽长，天地虽大，却原始得不容我坐下来记什么日记。

三个人在乱草的阡陌上蹒跚地寻路，转过一个小山坳，忽然迎面一片明晃，风景开处，令人眼界一宽，闪动着盈盈欲溢的水光。

"这就是南仁湖吗？"宓宓惊问。

高岛"嗯"了一声，随手把背上的重负卸了下来。这才发现，我们已经站在渡口了。一架半旧的摩托车斜靠在草坡下，文明似乎到此为止。水边的一截粗木桩却不同意，它系住的一根尼龙白缆斜伸入水，顺势望去，十六七丈外，那一头冒出水来，接上对岸的渡桩，正泊着一只平底白筏。

"恐怕要叫上一阵子了。"高岛似笑非笑地说。

接着他深呼吸起来，忽地一声暴吼。

"令赏！"满湖的风景大吃一惊，回声从山围里反弹过来，袅袅不绝，掠过空荡荡的水面，清晰得可怕。果然，有几只鹭鸶扰攘飞起，半晌，才栖定在斜对岸的相思林里。

"令赏！令赏！"又嘶吼起来，继以一串无意义的怪叫。

"谁是令赏？"我忍不住问道。

"对岸的人家姓林，"高岛说着，伸手指着左边，"看见那边山下的一排椰树吗？对，就是那一排，笔直的十几根白杆子。林家本来住在椰树丛里，后来公园要他们搬出去。屋子都拆了，不料过了些时，他们却在正对面这山头的后面另搭了一座，住得更深入了。公家的人来找他们，也在这里，像我这么大呼小叫，他们却躲在树背后用望远镜偷看，不理不睬——"

"那我们这样叫，有用吗？"宓宓说。

"不一定听得见，"高岛笑嘻嘻地说，"你看见那树背后的天线没有？"

顺着白筏的方向朝山上看去，草丘顶上是茂密如发的相思树林，果然有一架天线在树后伸出来，衬着阴阴的天色，纤巧可认。

"他们还看电视吗？"宓宓不解了。

"看哪，他们有一架发电机。只是没有电话。"

"没有电话，太好了。外面的世界就拘不到他们。"我说。

"令赏！令赏！"高岛又吼起来。接着他又哇哇怪叫。我和宓宓也加入呼喊。我的男低音趁着水，她的尖嗓子趁着风，一起凌波而去，去为高岛的男高音助阵。静如太古的湖气被搅得鱼鸟不宁，乱了好一阵子。自己的耳朵也觉得不像话，一定冒犯了山精水神了。十几分钟后，三个人都停了下来，喉头涩苦苦的。于是山又是山，水又是水。那白筏依然保持着野渡无人的姿态。

"这比天方夜谭的'芝麻开门'辛苦得多了。"我叹道。

"这么一喊，肚子倒饿了，"高岛说，"这里风太大，不如找地方躲下风，先把午饭解决了再说。要是再喊不应，我就绕湖走过去，半个多钟头也应该够了。"

那一天是阴天，风自东来，不时还挟着毛毛细雨，颇有凉意。我们绕到草丘的西边，靠树荫与坡形挡着风势，在一丛紫花绿叶的长穗木边坐下。高岛解开背囊，取出一件鹅黄色的大雨衣铺在草地上，然后陆陆续续像变戏法一般取出无数的东西。烧肉粽、红龟糕、蛋糕、苹果、香瓜等，权充午餐是足够的了。最令我们感兴趣的是一瓶长颈圆肚的卡缪白兰地和俨然匹配的三只高脚酒杯，全都欹斜地搁在雨衣上。他为每人都斟了半杯。酒过三巡，大家正醺然之际，他忽然说："来点茶吧。"

"哪儿来的茶呢？"宓宓笑问。

"煮啊。"

"煮？"

"对啊，现煮。"说着高岛又从他的百宝囊中掏出了一盏酒精灯，点燃之后，再取出一只陶壶、三只工夫小茶盅。不一会儿，香浓扑鼻的乌龙已经斟入了我们的盅里。在这荒山野湖的即兴午餐，居然还有美酒热茶，真是出人意料。高岛一面品茶，一面告诉我们说，他没有一次登山野行不喝热茶的，说着，又为大家斟了一遍。

草丘的三面都是湖水，形成了一个半岛。斜风细雨之中，我起身绕丘而行。一条黄土小径带领我，在恒春杨梅、象牙树、垂枝石松之间穿过，来到北岸。瞥见岸边的浅水里有簇簇的黑点在蠢蠢游动，蹲下来一看，圆头细尾，像两厘米长而有生命的一逗点。啊，是蝌蚪！原来偌大的一片南仁湖，竟是金线蛙的幼儿园。这水里怕是有几万条墨黑黏滑的"蛙娃"，嬉游在水草之间和岸边的断竹枯枝之下。我赶回高岛和宓宓的身边，拿起喝空了的高脚杯。几乎不用瞄准，杯口只要斜斜一掬，两尾"蛙娃"便连水进了杯子。我兴奋地跑回野餐地，举示杯中的猎物。"看哪，满湖都是蝌蚪！"那两尾黑黑的大头婴在圆锥形的透明空间里窜来窜去，惊惶而可怜。

"可以拿来下酒哇！"高岛笑说。

"不要肉麻了，"宓宓急叫，"快放了吧！"

我一扬手，连水和蝌蚪一起倒回了湖里。

大家正笑着，高岛忽然举手示意说，渡口有人。我们跟他跑到渡口，水面果然传来人语，循声看去，对岸有好几个人，正在上筏。为首的一人牵动水面的纤索，把白筏慢慢拉过湖来，紧张的索上抖落一串串的水珠。三四分钟后已近半渡，看得出那纤夫平头浓眉、矮壮身材，约莫四十岁。高岛在这头忍不住叫他了："林先生，叫了你大半天，怎么不来接我们呢？"

"阮笼听无。"那人只顾拉纤，淡淡地说。

"你要是不送人客过来，咳，我们岂不要等上一下？"高岛不肯放松。

"那有什么要紧？"那人似笑非笑地说。

筏子终于拢岸了。上面的几个客人跳上渡头来，轮到我们三人上筏。不是传统的竹筏，是用一排塑胶空管编扎而成，两头用帽盖堵住，以免进水，管上未铺平板，所以渡客站在圆筒上得自求平衡，否则一晃就踩进湖里去了。同时还得留意那根生命线似的纤索，否则也会被它逼得无可立脚，翻入水中。就这么，在高岛和林先生有一搭没一搭的乡音对话之中，一根细纤拉来了对岸。

2

林家住在一栋砖墙瓦顶的简单平房里，屋前照例有一片晒谷场，旁边堆些破旧的家具，场中躺着两只黄狗，其一跛了右面的后腿，更有一群黑毛土鸡游走啄食。晒谷场的一面接着南仁湖的小湾，近岸处水浅草深，有点像沼泽；另一面是一汪池塘，铺满了睡莲的圆叶，一茎茎直擎着的莲花却都紧闭着红瓣，午寐方酣。在外湖与内塘之间，有一条杂草小埂。我们一路跛过去，便走到一个坡脚，爬上坡去，是青草芊芊的浑圆丘顶，可以环顾几面的湖水。

正是半下午，天气仍是凉阴阴的，吹着东北风，还间歇飘着细雨。我们绕着草坡，想把南仁湖看出个大致的轮廓来，却只见山重水复，一览无尽。真羡慕灰面鵟与鹭鸶能够凭虚俯眺，自由无碍地巡游。南仁湖不能算一个大湖，但是水域萦回多湾，加以四周山色连环，却也不像小湖那么一目了然。湖岸线这么曲折，要是徒步绕湖一圈，恐怕得走一整个下午；何况有好几段草树绸缪，荒径若断若续，忽高忽低，未必通得过去。

高岛入山多次，对地形很熟，正为我们指点湖山风景，宓宓忽然说："对面有人。"大家眺向北岸，灰褐色的土地祠边果然有人走动，白衣一闪，就没入了树影。

"会是谁呢，在这山里？"我问。

"可能是来研究生态的什么专家，"高岛说，"有些教授一来就住上十天半个月……咦，那不是灰面鹫吗？还是一对呢！这种鸟十月间多从满州①过境，现在已经是十月底，快过了。"

大家正在一面追踪鸟影，一面懊恼没带望远镜来，隔湖又传来人声。那是女人的声音，像在吆喝什么。北岸的断堤埂上出现一个人，个子不高，一迭连声，正把一头大水牛赶下水来。

高岛笑起来说："那是林家的嫂子，要把那头牛赶过这边来。"

"它会游水吗？"宓宓讶然。

————————————

① 即台湾省屏东县满州乡。

"怎么不会？是水牛呢。"

那牛果然下了湖，庞然的黑躯已经浸在水中，只露出一弧背脊和仰翘的鼻头，斜里向窄水近岸处泅了过来，七八分钟后竟已半渡。那路线离我们立眺的山坡约有百多米，加以天色阴阴，觑着不是很真切，只能凭那一对匕首似的大弯角，来追认它头的摆向。大家都称赞那水牛英勇善泅，高岛尤其笑得开心。这时，它却停了下来，只探首出水，一动也不动。

"它一定是在水浅的地方找到了歇脚石。"我说。

"湖水并不深，所以渡筏也可以用竹篙来撑。"高岛说，"这南仁湖的水面已有海拔三百十几米了，只因为围在山里，看不出高来。"

正说着，对岸的人影在土埂上跑上跑下，又吆喝起来。水面那一对牛角摆了一下，向前移动起来，有时候似乎还回过头去，观望女主人的动静。女主人继续呵斥，不容它犹豫。终于水牛泅到了湖这边来，先是昂起了峥嵘的头角，继而露出了大半个躯体，却并不径上岸来，只靠在树根毕露的黄土断崖下，来回地扭着身子。

"那是在磨痒，"高岛说，"泡在水里，不但舒服，还可以摆脱讨厌的牛虻。哈哈，你看那头牛，根本不想回家来！"

对岸的女主人尽管声嘶力竭，那头牛却毫不理会。这一主一畜和我们之间，形成了一个钝角三角形，而以牛为钝角。一幕事件单纯而趣味无尽的田园谐剧，就这么演了半个多小时，丘顶的我们是不期而遇的观众。高岛乐得咧嘴直笑，说仅看这一出，今天就没白过。最后，那女人放弃了驱牛的企图，提高了嗓子喊她的丈夫。

"她家隔着一个山坡，"高岛说，"天晓得她丈夫什么时候才过来渡她。我们中午足足喊了一个多钟头呢。"

可是这一次白筏却来得很快，筏首昂起，一排红帽盖在青山白水之间分外醒目。高岛一看见，便高兴地大叫："林先生，渡我们过去！"

那矮壮的篙夫转过头来，看到我们，便把迟缓的筏子斜撑过来。十几分钟后，我们都跳上了筏子。篙夫把丈八竹篙举过我们的头顶，一路滴着湖水，向左边猛地一插、一撑，把筏首又对回他"牵手"的方向。白筏朝北岸慢吞吞地拍水前进。四山的蝉声噪成一片。

"那只牛闹什么脾气呀？"高岛问那浓眉厚唇的篙夫，"林嫂赶了半天，都不肯上岸来。"

篙夫并不立刻回答，只管转头去瞅那崖下的畜生，才慢吞吞地说："早起为它穿了鼻子，它有点受气。"

"你们拢总有几只牛？"宓宓问。

问话吊在半空，隔了一会儿，才吐出答案："十几只。"

3

渡过北岸，一行三人沿着湖水向右手曲折走去。高岛坚持北岸更好，因为地僻路荒，人迹罕至，而且林木较密，也较原始。南仁湖四周真是得天独厚的青绿世界，由迎风的季风林所形成，为岛上仅存的低海拔原始林区。相思树、珊瑚树、象牙树、青刚栎、长尾栲、红校欑等，丛丛簇簇，密布在多风的山坡，更与大头茶、大叶树兰一类较矮的树杂伴而生，翠荫里还蔽护着无数的蕨类。这一千多公顷的绿色处女地，文明的黑脚印不许鲁莽践踏的生态保护区，幸存于烟囱、挖土机、扩音器之外，为走投无路的牧神保留一隅最后的故乡，让飞者飞，爬者爬，游者从容自在地摇鳞摆尾，让窒息的肺叶深深呼吸，受伤的耳朵被慰于宁静，刺痛的眼睛被抚于翠青。

从南岸看过来，北岸这一带特别诱人，因为密林开处有一片平旷的草原，缓缓斜向湖水，盈眼的芊芊呼应着近岸而出水的萤蔺。那样慷慨而坦然的鲜绿，曾经在什么童话的第几页插图里见过，此刻，竟然隔水来招呼我的眉睫。无猜的天机，那受宠的惊喜正如一只蜻蜓停在我的腕上。从南岸看过来，黑斑斑一簇，周围撒落了一点点乳白，对照鲜明，正是起落无定的鹭鸶依傍着放牧的水牛。这黑白的对照，衬着柔绿的舒适背景，却被郁郁苍苍的两岸坡岬一左一右地遮去大半，似乎造化也意有所钟，舍不得一下子就让我们贪婪无厌的眼睛偷窥了这天启的全貌。于是我们决定北渡，去探那牧神的隐私。

今夏一场韦恩台风，肆虐的痕迹，即使在这世外的山里仍处处可见。最显眼的是纵横的断枝，脆的，一截截吹落在湖岸，坚韧的，像竹，则断而不脱，仍然斜垂在主干上，露出白心。我向丛竹里折取了一根三尺多长的金黄断枝，挥了几下，细长利落而有弹力，十分得手。于是一路挥舞着，见到顺手的断枝，便瞄准重心所在，向湖上挑去，竟也玩得很乐。高岛则背着一应俱全的摄影器材，领着宓宓在前头，正在端详湖景，要挑一处角度最好的"风景眼"，去擒粼粼的水光、稠稠的树色。若是忽然瞥见一闪白鹭掠波而去，或是映水而立，或是翩翩飞翔，要择树而憩，就大呼惊艳。兴奋地举机调镜，总是迟了半拍，逝了白影。

突然又传来宓宓的惊呼，那声音，不像惊艳，倒像惊魇。我吓了一跳。接着高岛也叫了起来，但惊喜多于惊惶。

"一定要拍下来！"他再三嚷道。

我挥动竹枝赶上前去。转过一个黄土坡，眼前忽然一暗。背着薄阴的天色和近乎墨绿色的密树浓荫，头角峥嵘，体格庞沛，顺着坡势布阵一般的屹立着一群黑压压的水牛。未及细数，总有十几头吧，最高处的一头反衬在天边，轮廓更是突出。最令人震撼的是群牛一起回过头来朝着我们，十几双暴眼灼灼瞠瞠而来。这景象不能说怎么可怖，但是巍巍的巨物成阵，一口气挡住了去路，却也令人不能不凛然止步。

"快照啊，"我催他们，"趁它们一起都对着我们。"

牛群对我们的集体注视，令我们感到处于焦点的紧张，同时它们那种不约而同的专注神态又令人觉得好笑。两人手忙脚乱地拍了几张"牛阵图"之后，我们一个向后转，终于在那许多双眼睛的睽睽之下撤退了。

"要是真面对着田单的火牛阵，才可怕呢。"我说着，大家都松了一口气，一起沿着北岸向西走。湖边的一条黄土小路，左回右转而且起伏不平，一会儿是窄埂，一会儿是断径，也不见有什么人来往，野草却被践得残缺不全。近岸处的树丛下，时或令人眼睛一亮，不是匍地而开的怯紫色蝶豆花，便是粉红色的马鞍藤。最后来到一片开旷的草地，高岛和宓宓便忙于张设三脚架，测光，对镜，要把南仁湖的隐私之美伺机摄下，好带到山外的人间去做见证。我就在水边找到一截粗拙的树枝，坐下去，静观黑嫩的蝌蚪，有的摆尾来去，有的伏卧如寐，风来时也随波晃漾，起伏不已。可以想见明年春天，蛙喧的声势有多惊人。现代的都市人对山林和田野越来越患乡愁，虽然可以在墙上挂几张风景画来望梅止渴，效果究竟还不够生动。其实录音带这么发达，为什么没有人把蛙鸣、蝉嘶、鸟叫、潮嚣之类的天籁一一录下，来解城栖者可怜的耳馋？要是有这种录音带就好了，我们就可以在临睡前播放，轻轻地，像是来自远方，然后就在满塘的咯咯蛙唱里，入了仲夏夜之梦。

蝌蚪的尾巴这么长，游动时抖得变成一串S形，十分有趣。我忽然心动，便把折来的黄金竹枝探入水里，去逗弄这些黑蛙娃。看它们奔来窜去的样子，真是好玩。这些黑蛙娃结构单纯，都是一粒大头的后面拖着一条长尾巴，像一个黑豆芽。那椭圆的滑头不怎么好玩，一来因为太小，二来因为怕伤了它。那摇摆不定的尾巴却诱人去戏弄。渐渐地，我学会了一招绝技，就是用竹枝的细尖把黑蛙娃的尾巴按在土岸上。它一惊，必定使劲抖尾巴，当然挣不开了。然后你一松竹枝，它立刻摆尾急蹿，向深处潜逃，那情景十分可笑。不过黑蛙娃尾滑滑，又特别警觉，要能将它夹个正着，一举擒住，却也不容易。平均十次里面，最多命中一次。开始我深怕它一挣扎便掉了尾巴，那就太残忍了，后来发现那尾巴坚韧得很，怎么扭挣都不要紧，就放心玩下去了。就这么，竟玩了近一小时。

　　水面下几寸之内的浅处，是黑蛙娃集体游憩的幼儿园，说得上是万头攒动。水面上，踏着空明的流光来去飘忽的独行客，却是水蜘蛛。无论你怎么定神追踪，也看不清它迷离的步法究竟怎样在演变，只觉得它的怪异行程像鬼在下棋，落子那么快，快过蜻蜓点水，霎时已经七起八落，最后总是停在你的目光之外。更怪的是，一般的水蜘蛛都有八只脚，南仁湖上的却只有四只，而且细得像头发，膝弯几乎呈直角，身躯也细瘦得不可思议，给我的感觉，正如一组诡谲的几何线条掠水而过。

　　暮色从湖面蹑来，也是一只水蜘蛛。什么时候湖面已经渐渐暗下来，抬头一看，天色已经在变色了，这才发现高岛已经在收三脚架，宓宓在草地背后的土埂上喊我。"该回去了。"高岛也说。三个人便沿着湖岸向东走，目标是断堤近处一根系了纤缆的木桩。

　　"白鹭！"宓宓叫起来。

　　两只鹭鸶一前一后，从断堤里面幽深的湖湾飞来，虽然在苍茫的暮色中，衬着南岸郁郁莽莽的季风林，仍然白得艳人眼目。那具有洁癖的贞白，若是静绽如花，还不这么生动，偏偏又这么上下飘舞，比白蝶悠闲，比雪花有劲，就更令人目追心随，整个风景都活泼起来了。双鹭飞到南岸渡头上面的树丛，就若有所待地慢慢回翔起来。

"哇，你们看哪！"高岛大叫。

从暮色深处，湖的东端，无中生有地闪出四五只、七八只，不，十几只白鹭鸶来，一时皓皓晃晃的翅膀纷纷飘举，那样高雅而从容，虽然凌空迅飞，却宁静无扰，彼此之间的位置也保持不变，另有一种隐然的默契和超然的秩序。而白羽翩翩从暗中不断地招展而来，"灵之来兮如云"，直到我估计归林的群鹭，在对岸的树梢起起落落，欲栖而不定，欲飞而又回旋，至少有五十多只。不久，天色便整个暗下来了，云隙间几片灰幽幽的光落在湖面，反托出群山的倒影，暧昧得令人不安。夕愁，就是这样子吗？我们站在渡头，等待中，面前这一片湖水愈加荒僻，而浮出水面的，不是山，不像是山了，是蠢蠢的兽。

"他一定忘记我们还在这边了，"高岛说着，大吼一声，"令赏！"

回声在乱山中反弹过来，虚幻而异怪，所有的精灵只怕都惊动了。背后的密林里传来不知名的禽吟，一串三个音节，不能算怎么恐怖，却令人有点心虚。宓宓和我也发出怪叫来助阵，一时黑暗的秩序大乱。

"令赏！"群山异口同声地回答我们。

我还想借水光看腕表已经几点了，却什么也看不清。这么喊喊停停，也不知过了多久。忽然水面上传来人声，像是两个人在说话。

"令赏！"高岛大叫。

"来了。"是篙夫在回答。

不久传来了水声，想是竹篙拨弄出来的，入水是波的一刺，出水是一串水珠落回水中。水声和人语渐渐近来，浑浑然筏子的轮廓也在夜色中蠢蠢出现。终于筏子拢岸，昏黑中，我们粗手笨脚地都踩了上去，把自己交给了叵测的湖水。人影难辨，只能从语音推测，在筏首撑篙的是林先生，在筏尾撑篙的是他的儿子。不由自主地，我想起阴间摆渡的船夫凯伦（Charon）。

4

从饥寒交迫的户外夜色里回到林家的平顶旧厝，在日光灯下享用热腾腾的晚餐，感到分外温暖。林厝一共分成四间，正中的堂屋有香案与神龛，供着妈祖，墙角却架着彩色电视机，台北的歌星正在荧光幕上顾盼弄姿。向右是一间饭厅，后门开出去，是一口石井，笨重的抽水机可以咿呀打水。向左是一间木板隔成的睡房，一张大床三面抵住墙壁，占去房间的三分之二，也是用硬木板铺成，上面只盖了一层单薄的垫褥。主人指定我们住这一间，我们的晚餐也就在这一间吃。就着一张小桌子，高岛和宓宓坐在床沿上，我则打横坐在凳子上。

一切都很简陋，桌上的晚餐却毫不寒酸。一大汤碗的草鱼、一碗笋、一碗青菜、一盘田螺，围着中间的一大锅烧酒鸡，三个人努力加餐，仍然剩下了一大半。尤其是那一锅鸡汤，恐怕足足倒了一瓶米酒，烧的是一整只土鸡。每个人至少喝了两碗汤，至于鸡肉，却炖得不够烂熟，嚼得有点辛苦。因为酒浓，不久我便醺然耳热起来。鸡，是自己养的。菜，是自己种的。笋和田螺都是天生。鱼呢，满满的一湖活跳生鲜，只要你撒下网去，绝不会让你空网而归。摇鳍摆尾的鳞族里，有鲫鱼、鳝鱼，还有塘鲺鱼。

微酡的醉意下，高岛提议去渡口的山坡上看那些归巢的白鹭。

"这么晚了，看得到吗？"宓宓有点疑惑。

"哦，看得到的。一吓，就飞起来了。"高岛保证。

"这么黑，怎么找路呢？"她说。

"有灯啊！"高岛说着，回身向床上的背囊里掏出一个电筒和一个像小热水瓶的盒子，只一拧，那盒子就蓦地剧亮起来，净白的光泛了一室，耀人眼花。高岛得意地笑说："这是强力瓦斯灯，我特别带来的。"

于是宓宓拿着电筒，高岛举起明灯，三人兴致勃勃地再出门去。走过晒谷场，刚踏上瘦脊嶙峋的土埂，宓宓忽然惊呼："开了，你们看！"大家转头一看，跟满塘眼熟的嫣红打了个照面，齐齐叫了起来。日间含羞闭瓣午睡酣酣的几百朵睡莲，竟全都醒了过来，趁太阳不在家，每手擎着一枝，举行起烛光夜会来了。经我们的瓦斯灯煌煌一照，满塘的红颜红妆一时都回头相望。寂静中，只听见瓦斯迎风的炙响、青蛙跳水的清音。

惊艳一番之后，意犹未尽，只好别过头去，向坡上攀爬。四周一片黑，高岛手中的光亮像一盏神秘的矿灯，向煤坑的深处一路挖去。到了坡顶，喘息才定，四周阒寂无声，只有瓦斯灯炽烈旺盛地嘶嘶响着。湖山浑然在原始的黑沉沉里，从石板屋到满州，从南仁山到太平洋岸，十几公里的生态保护区，只有这一盏皎白的灯亮着。暗中，不知道有多少惊寤的眼瞳向它转来，有的瞿瞿，有的眈眈，向这不明来历的发光体注目而视。众暗我明，我们是焦点，是靶心，太招摇了，令人惴惴不安。

"飞起来了！"宓宓叫道，"一起飞起来了！"

说着她挥动电筒长而细的剑光，去追踪满空窜扰的翅膀。几十只惊起的栖鹭从草坡另一面的密林梢头，激湍回澜一般地四泻散开，在夜色里盲目地飞逐来去，无数乱翼在电筒的窄光里一闪而逝。尽管如此，这一切却在无声中进行，没有一声鸟呼，像一场哑梦。

突然，高岛把瓦斯灯熄掉，黑暗的伤口一下子就愈合了。只剩下宓宓的窄剑不时挥动着淡光，在追捕零星的鹭影。晚上九点钟的样子，四围的山脊起伏，黑茸茸的轮廓抵在灰黯黯的夜空上，极其阴森暧昧，难以了解。劲风从东边吹来，那是太平洋浪涛的方向。隔着东岸的丘陵当然听不见潮水，天地寂寞，即使用一千只耳朵谛听，十里之内，也只有低细的虫吟。

5

再回到林家厝，宓宓和我都有点累了。高岛却精神奕奕，兴致不减，又从他的百宝囊中取出土红的茶壶和三只小茶盅，点起酒精灯，煮起乌龙茶来。他再三强调，入山旅行不可不带茶具，更不可不喝热茶。一面说着，一面为我们斟满泡好了的乌龙，顿时茶香盈座。宓宓浅啜了一口说道："这么浓的茶，我不敢多喝，怕睡不着。你又喝茶又喝酒，高先生，一切都背在背包里，不怕重吗？"

"这些行头加起来也不过二十公斤，算得了什么！"高岛说着，瞪大了圆眼，一扬眉毛，自豪地笑了起来。"我做了好几年的高山向导，这一切早就惯了。也不记得带过多少登山队了，下雪，刮风，什么都遭遇过，尤其是下雨，一下大雨就会发山洪。有时候困在雨里，只好在帐篷里一夜睡在水上，祷告整个通宵。"

"听说你救过好多人呢。"宓宓说。

"那本来就是向导的责任，"高岛轻描淡写地说，"有一次冒着暴雨，登山队里一个女孩子吵着要自己先回去，再劝也没用。果然，跌下了山去，跌到一半断了腿，再翻身又滚了下去，成了重伤。她要求大家让她死掉，因为断骨错在肉里，不能再移动，太痛苦了，又怕会终身残疾。我把她劝得回意转。大家轮流抬她下山，没有谁不累得死去活来。"

"真是太惨了，"宓宓说，"后来呢？"

"后来总算医好了，年轻嘛。"

"台湾的山难事件也真多。"我说。

"不外是准备不够，经验不足，失去联络，而且不信向导的话……"

大家笑起来。宓宓又问高岛是不是常不在家。

"是啊，"高岛眉毛一扬，"三天倒有两天是出门在外，以前是做高山向导，现在是为了摄影。照相的人不像你们诗人可以在家里吟风弄月，我们只有到处去寻找镜头，有时为了等一次惊天动地的浪花，要在海风和咸水里……"

"摄影家必须深入自然，深入民间。"宓宓大发议论，正待说下去。

"摄影家是一种特殊的旅行家，"我抢着说，"他不但要经营空间，更要掌握时间。世上一切启示，自然所有的奥妙，只展向耐久的有心人。他是美的猎者。徐霞客要是有一架奥林巴斯……"

"说得好，说得好！"高岛大笑。

"摄影家一定要身体好，"宓宓说，"你认得庄明景吗？对呀，就是拍黄山的那位。为了拍落日从山谷的缺口落下，他请向导把自己绑牢在松树上，以防跌下山去。"

"我的身体从不生病，"高岛认真告诉我们，"以前我常练瑜伽术，可以倒立好半天。有一年冬天，有个和尚跟我打赌，两人把上身脱光了，倒立在风里，引来好多人围观，最后那和尚冻得受不了，只好认输。那，像这样——"

说着他果真在床上一个倒栽，竖起蜻蜓来。他竖得挺直，过了几秒钟，又放下腿来，两膝交盘在一起，最后把下半身向前折叠过来。这么维持了一阵，才一一自行解开，恢复原状。宓宓和我鼓掌喝彩。

"再来一杯茶吧。"高岛略略喘息之后，又为我斟了一杯。

大家也真累了，就势都躺了下来，睡在硬板的大通铺上。宓宓在我左手，高岛在我右侧，不一会儿，两人都发出了鼾声，一个嘤嘤，一个咻咻，嘤吟在左，咻噢在右，此起彼落，似乎在争颂睡神。只剩我独自清醒地躺着，望着没有天花板的屋顶，梁木支撑，排列着老厝的脊椎。灯暗影长，交叠的梁影里隐隐约约都是灰褐的传说。这样的屋顶令我回到了四川，回忆有一种瓦的温柔。

就这样无寐地躺在低细的虫声里，南仁湖母性的怀中，感到四川为近而台北为远。台北和我已变得生疏，年轻时我认得的台北、爱过的台北，已经不再。厦门街的那条巷子，我曾经歌颂过无数次的，现在拓宽了，颇有气派，但我的月光长巷呢？三十年的时光隧道已成了历史，只通向回忆。

经过了香港的十年，去年回来，说不上"头白东坡海外归"，却已是另一个人了。我并没有回到台北，那回不去了的台北，只能说迁来了高雄。奇异的转化正在进行，渐渐地，我以南部人自命，为了南部的山海和南部的一些人。相对于台北的阴郁，我已惯于南部的爽朗。相对于台北人的新锐慧黠，我更倾心于南部人的乡气浑厚。世界已经那么复杂，邻居个个比你精细，锱铢必较，分秒必争，能有一个憨厚些的朋友，浑然忘机地陪你煮茶看花，并且不一定相信"时间即金钱"，总令人安心、放心、开心。我来南仁湖山，一半出于老派的烟霞之癖，什么鸥盟鹭约之类的逸兴，一半却是新派的生态保护，对种种污染与破坏的抗议。深入原始的山区，原为膜拜牧神而来。不料向导我来的人，出山入水，餐风饮露，与万物共存而同乐，童真未丧，本身已经是半个牧神了。说不定就是牧神派来的吧，或者，竟是牧神自己化装下山的呢。

　　高岛翻了一个身，梦呓含糊，也不知是承认还是否认。

一九八六年十一月十五日

两张地图，一本相簿

1

我从来没有见过自己的岳父，虽然他给了我这么一个好妻子。他去世很早，只有三十九岁，留下的孤女我存，当时也只有七岁。所以给我的印象止于岳母与我存之间零星的追思，加起来也只是远距离镜头的朦胧轮廓：只知道他早年毕业于东南大学，参加勤工俭学留学法国，后来在浙江大学任园艺系教授，并兼主任一年。抗战初年，随浙大迁去贵州的遵义，但因其地阴湿，不适合他养肺病，乃应四川大学之邀，想北上成都，却因病重滞留在乐山，不久便逝于肺病。

抗战时期我存与我都在四川，她在大渡河汇岷江的乐山，我在嘉陵江入长江的重庆，两人并不相识。表兄妹初见，是在南京。从那时到现在，两人之间半世纪之长的对话，一直是用川语。五十多年的川语川流不休，加起来该比四川更长了。

就是用没有入声的川语，她常会向我述忆乐山。那是她的小学时代，印象最深。她最乐道而我也最乐闻的，是岷江岸边的那尊大佛，远在江上就庞然可见。她说那佛像又高又大，乐山人都传说，要是涨水淹到佛脚，乐山城就会淹水了。有一次在沙田，她又对朋友们夸说佛像之大：

"连佛的耳朵——"她正要形容。

"——都藏了一座庙！"我接口说。

朋友们哈哈大笑。

2

一九九六年十一月中旬，我去四川大学访问。演讲与座谈之余，易丹教授陪伴我们夫妇南下，去眉山瞻仰三苏祠，并重游乐山。

到乐山已经天晚，第二天早上才去朝拜大佛。佛像雕在岷江岸边的石壁上面，坐东朝西，在岸上反而难见法相。易丹带我们登上游艇，放乎中流，好从江面上远远仰观。那天十分阴寒，江风削面，带着腥浊的水汽，天色灰茫茫的，水色也浑沌不清。江上看佛，仍须颇大的仰度，约莫二十层楼高。雕的是弥勒佛坐像，佛手按着双膝，面容宁静中含着慈祥，据称是唐朝开元年间所建，石色年湮代久，也是灰沉沉的，与阴天一般黯淡。

游艇在江上巡礼了一圈，把乘客又还给了岸上。我们到佛脚下又举头伸颈，仰瞻了一番。佛脚大而厚实，上面简直可容百僧并坐诵经。想起"临时抱佛脚"的成语，不禁可哂。晒谷场这么大的脚背，怎么抱法？

接着我们跟随众客，沿着巨像左侧的贴壁石阶，奋力仰攻，攀天梯一般一级级向崖顶爬去。好不容易爬到佛脐的高度，抬头一看，弥勒佛的下巴仍在半空，并不理会我们，地藏菩萨却早已在下面扯我们后跟。渐渐，爬近了佛胸、佛肩，觉得那一双狭长的法眼隐隐在转眼，转向僭妄的我们。此刻我们的惴惴不安，颇像几只小老鼠偷上佛龛，在觊觎油灯一样。终于，攀到佛耳近旁了。单是那贴面的耳垂，就比人还高。不过耳窝之大足可栖僧，还不能藏庙。

从弥勒的兜率天下来，易丹又带我们回乐山城，去寻找我岳父的墓地。

半世纪来，我存对父亲的孺慕耿耿，渺无依附，除了一本色调灰黄的老照相簿，和两张手绘的地图。地图是用当年的航空信纸画的，线条和文字都精细而清楚，不可能是七岁女孩儿的手迹，当是岳母所制。一张是乐山城区，呈三角形，围以城墙，东城是岷江南下，城南是大渡河西来，汇合于安澜门外。另一张则是墓地专图，显示岳父的墓在城西瞻峨门外的胡家山上，坐北朝南，背负小丘，面对坡下的大渡河水。

这两张地图折痕深深，现在正紧握在我存手里，像开启童年之门的金钥。但是像许多地图一样，上面绘的不仅是地理，更是时间。在这多变的世界，哪一张地图是合用五十年的呢，哪一个地址是永久地址？不要说上海大变特变了，连上海人出门都会"欲往城南望城北"，就如乐山这样的城，也早已变得沧桑难认，不可能按图索墓了。

易丹皱着眉头，把两张旧地图跟乐山市区的新图，左顾右盼，比对了许久，才迟疑地说："这胡家山在新地图上根本找不到了，应该就在这一带了，变成师范学校的校园了。"

我存俯看地图，又仰看山坡上屋树掩映的校园说："那就开进去吧，上去看看。"

厢型车在师范学校的校园里左转右弯，哪里找得到什么墓地，更无任何碑石为志。不过整个校区，高高低低，都在山坡上面，坡势还颇陡斜，应该就是从前的胡家山了。一连问了几个路人，都不得要领。最后有人建议，不妨问问老校工。那老校工想了一下说："以前是有几座坟墓的，后来就盖了房子了。"他指指坡上的几间教室，说好像就在那下面。

我们的车在教室对面的坡道旁停定，我帮着我存把带在车上的一束香点燃，插在教室墙外一排冬青的前面。我和易丹站开到一边，让我存一人持香面壁，吊祭无坟可拜无碑可认的亡魂。那天好像是星期天，坡上一片寂静，天色一直阴冷而灰淡，大渡河水在远处的山脚下隐隐流着。幸好是如此，要是人来车往，川流不歇，恐怕连亡魂也感到不安了。

我存背对着我们，难见她的表情。但我强烈感到，此刻在风中持香默立的，不是一个六十五岁的坚强妇人，也不是我多年的妻子，而是一个孤苦的小女孩儿，牵着妈妈的手，来上爸爸的新坟——那时正当抗战，远离江南，初到这陌生的川西僻乡，偏偏爸爸仓仓促促间舍她们而去，只留下母女二人，去面对一场漫长的战争。想想看，如果珊珊姐妹在她这稚龄，而我竟突然死了，小女孩儿们有多么无助，又多么伤心。

易丹在旁，我强忍住泪水。却见我存的背影微微颤动，肩头起伏，似乎在抽搐。

易丹认为我应该过去"安慰师母一下"。

我说："不用。此刻她正在父亲身边，应该让他们多聚一下，不要打断他们。其实，能痛哭一场最好。"

3

我存虽然不时提起她的父亲，更爱回忆她家在杭州的美好岁月，但是吉光片羽，总拼不起完整的画图。毕竟父亲亡故，她才七岁，至于杭州经验，更在她六岁以前，有些记忆恐怕还是从母亲口中得来。

不过那两张地图和一本照相簿却是有凭有据的信史。那照相簿在三十年代应该算是豪华的了。篇幅二十五厘米乘十九厘米，封面墨绿烫金，左上端是金色大字Album，右下角是汉英对照的金色小字"杭州圣亚美术馆制"。里面的照片有大有小，大的像明信片大，小的几乎像邮票，当然一律黑白，不过大半保存完善，并不怎么泛黄。我存小时候的照片，独照和跟父母合照的，有十几张，其中有的很可爱，有的豆蔻年华，竟已流露早熟的情韵，"我见犹怜"，有的呢照得不巧，只见羽毛未丰，唉，只能算丑小鸭了。

最令我着迷的却是她父母的合影，尤其是在新婚时期。有一张是在照相馆所摄，背景是厚重的百褶绒幕，新婚夫妻都着雪白的长衫，对称鲜明。新娘坐在靠背椅上，两脚交叉，两手也文静地交叠在膝头，目光灼灼，凝视着镜头。新郎侍立于侧，一只手扶着椅背，戴着浑圆的黑框眼镜，身材高挑而文弱，一派五四文人的儒雅。那正是我无缘拜见的岳父范赉，但是岳母似乎一直以他的字"肖岩"相称。

当时的读书人似乎都戴这种圆形细边的黑框眼镜，不但徐志摩如此，梁思成如此，细细想来，西方的文人如乔伊斯也是这么打扮的。不知为何，现在看来却感到有些滑稽，也许是太圆滚了，正好把眼睛圈在中央，像是猫头鹰。至于岳母的坐姿与手势，似乎当时的淑女都应如此，才够ladylike。更有趣的，是她的乌发是头顶向左右分梳，分发线就在头的中央。民初的女子也常见如此梳发，林徽因在许多照片里也是这发型。岳母老来一直容颜清雅，年轻时候原来丰满端丽，真是一位美人，加上当日的衣妆与发型，竟有几分像林徽因。

照相簿里有一张多人的合照，只有两张名片大小，半世纪后已略发黄，更因镜头是中远距离，人物只有三厘米高，要一一指认，不很容易。我存可能曾向我简述，那是留法同学会某次在杭州聚会，也可能说过其中一人是林风眠，为她父亲好友。不过后来我淡忘了，因为早年我一直不曾体会林风眠乃二十世纪中国的一大画家，而晚至七十年代末期，连中华书局出版的《辞海》香港版，也未列林风眠、傅抱石、李可染的条目。

一九七六年，"文革"总算结束了。次年十月底林风眠才从上海去了香港，直到一九九一年在港病逝，没有再回内地。他去了香港后，又设法为义女冯叶申请入港，一九七八年冯叶乃能赴港与义父相聚，并陪侍他度尽晚年。林风眠擅长的仕女主题，颇有几幅的眉眼情韵就似乎取材于冯叶，画得分外姣好。

在香港时我始终没有见过林风眠，只在收藏林氏作品最力也最丰的王良福家中，观赏过不少真迹。倒是我存认识了冯叶，并由冯小姐陪同，去林氏的画室参观。那天我存见过林风眠，十分高兴，回来时对我说，她曾告诉林风眠她的父亲是谁，不但也是勤工俭学的留法学生，而且战前在浙大任教，与当时在杭州主持艺专的林氏颇有往来云云。我存又说，她也很喜欢冯叶，觉得冯叶温婉可亲，并说林风眠历经劫难，临老又独客香江，幸有这知己的义女随伴照顾。

谁能不喜欢冯叶呢？中国现代画的一代宗师，幸有她温婉的风姿给他灵感，更有她坚毅的意志给他照顾：凡是林风眠艺术的信徒，谁不领她的情呢？

今年是林风眠诞生百年，高雄市美术馆与《民生报》合办"林风眠百岁纪念画展"，展出他各种题材各种风格的代表作一百幅，即由冯叶任总策划。她由香港赶来高雄参加开幕典礼，并将我存交给她的照片，留法同学在杭州重聚的那张合照，带回香港，把它放大后再寄回给我们。

那张小照片给放大了四倍，清楚多了。究竟是相中人一下子逼近到我的面前，还是我突然逆向着魔的光阴闯回了历史的禁区？只见里面的十九个人目光灼灼全向我聚焦射来，好像我是"未来"的赫赫靶心。但是说他们目光灼灼，也并不对，因为十九个人全在那一刻被时光点了穴，目光凝定，都出了神，再叫他们，都不会应了。岁月当然在抗战以前，很可能是一九三五或一九三六。相中人看来也都在壮年：我的岳父范肖岩与林风眠同年，今年都满一百岁了。相中这些归国的壮年，迄今也都应在百岁上下，敢说全都不在了。

可是那天的盛会，看来应是秋天，因为台阶两侧摆着好几盆菊花，众人的西服也显非夏装。盛会一散，众人将必各奔前程了。不久战争的炮火将冲散他们，有的不幸，将流离失所而客死他乡，像我的岳父；有的何幸，历经千灾百劫挫而不败，终于成就一生的事业，像林风眠。

前排最右边的一位，戴黑框圆镜着深色西服而两手勾指者，是我岳父。后排站在极左、方额宽阔饱满而黑发平整覆顶者，是林风眠。冯叶又认出了两人：唯一的女子，长发蔽眉者，是蔡元培的女儿蔡威廉；站在她右边、被唯一的长衫客当胸挡住的，是她的丈夫画家林文铮，也是当日杭州艺专的教务长。这其中一定还有别的豪俊，是中土所生，法兰西所导，却隐名埋姓，长遁于时间之阴影。但愿有谁慧眼，能一声叫醒英灵。

二〇〇〇年十月

失帽记

二〇〇八年的世界有不少重大的变化，其间有得有失。这一年我自己年届八十，其间也得失互见：得者不少，难以细表；失者不多，却有一件难过至今。我失去了一顶帽子。

一顶帽子值得那么难过吗？当然不值得，如果只是一顶普通的帽子，哪怕是高价的名牌也不值得。但是去年我失去的那顶，不幸失去的那一顶，绝不普通。

帅气、神气的帽子我戴过许多顶，头发白了稀了之后尤其喜欢戴帽。一顶帅帽遮羞之功，远超过假发。丘吉尔和戴高乐同为第二次世界大战之英雄，但是戴高乐戴了高帽尤其英雄，所以戴高乐戴高帽而乐之，所以我也从未见过戴高乐不戴高帽。

戴高乐那顶高卢军帽丢过没有，我不得而知。我自己好不容易选得合头的几顶帅帽，却无一久留，全都不告而别：其中包括两顶苏格兰呢帽，一顶大概是掉在英国北境某餐厅，另一顶则应遗失在莫斯科某旅馆；还有第三顶是在加拿大维多利亚港的布恰花园①所购，白底红字，状若戴高乐的圆

---

① 即布查德花园（Butchart Gardens）。——编者注

筒鸭舌军帽而其筒较低，当日戴之招摇过市，风光了一时，后竟不明所终。

一个人一生最容易丢失也丢得最多的，该是帽与伞。其实伞也是一种帽子，虽然不戴在头上，毕竟也是为遮头所设，而两者所以易失，也都是为了主人要出门，所以终于和主人永诀，更都是因为同属身外之物，一旦离手离头，几次转身就被主人给忘了。

帽子有关风流形象。独孤信出猎暮归，驰马入城，其帽微侧，吏人慕之，翌晨戴帽尽侧。千年之后，纳兰性德的词集亦称《侧帽》。孟嘉重九登高，风吹帽落，浑然不觉。桓温命孙盛作文嘲之，孟嘉也作文以答，传为佳话，更成登高典故。杜甫七律《九日蓝田崔氏庄》并有"羞将短发还吹帽，笑倩旁人为正冠"之句。他的《饮中八仙歌》更写饮者的狂态："张旭三杯草圣传，脱帽露顶王公前。"尽管如此，失帽却与风流无关，只和落拓有份。

去年十二月中旬，香港中文大学图书馆为我八秩庆生，举办了书刊手稿展览，并邀我重回沙田去签书、演讲。现场相当热闹，用媒体流行的说法，就是所谓人气颇旺。联合书院更编印了一册精美的场刊，图文并茂地呈现我香港时期十一年在学府与文坛的各种活动，题名"香港相思——余光中的文学生命"，在现场送给观众。典礼由黄国彬教授代表文学院致词，除了联合书院冯国培院长、图书馆潘明珠副馆长、中文系陈雄根主任等主办人之外，与会者更包括了昔日的同事卢玮銮、张双庆、杨钟基等，令我深感温馨。放眼台下，昔日的高足如黄坤尧、黄秀莲、樊善标、何杏枫等，如今也已做了老师，各有成就，令人欣慰。

演讲的听众多为学生，由中学老师带领而来。讲毕照例要签书，为了促使长龙蠕动得较快，签名也必须加速。不过今日的粉丝不比往年，索签的要求高得多了：不但要你签书、签笔记本、签便条、签书包、签学生证，还要题上他的名字、他女友的名字，或者一句赠言，当然，日期也不能少。那些名字往往由索签人即兴口述，偏偏中文同音字最多。"什么？why？恩惠的惠吗？""不是的，是智慧的慧。""也不是，是恩惠的惠加草字头。"乱军之中，常常被这么乱喊口令。不仅如此，一粉丝在桌前索签，另一粉丝却在你椅后催你抬头、停笔、对准众多相机里的某一镜头，与他合影。笑容尚未收起，而夹缝之中又有第三只手伸来，要你放下一切，跟他"交手"。

这时你必须全神贯注，以免出错。你的手上，忽而是握着自己的笔，忽而是他人递过来的，所以常会掉笔。你想喝茶，却鞭长莫及。你想脱衣，却匀不出手。你内急已久，早应泄洪，却不容你抽身疾退。这时，你真难身外分身，来护笔、护表、护稿、扶杯。主办人焦待于旋涡之外，不知该纵容还是喝止炒热了的粉丝。

去年底在中文大学演讲的那一次，听众之盛况不能算多么拥挤，但也足以令我穷于应付，心神难专。等到曲终人散，又急于赶赴晚宴，不遑检视手提包及背袋，代提的主人又川流不息，始终无法定神查看。餐后走到户外，准备上车，天寒风起，需要戴帽，连忙逐袋寻找，这才发现，我的帽子不见了。

事后几位主人回去现场，又向接送的车中寻找，都不见帽子踪影。我存和我，夫妻俩像侦探，合力苦思：最后确见那帽子是在何时，何地，所以应该排除在某地、某时失去的可能……诸如此类过程。机场话别时，我仍不放心，还谆谆嘱咐潘明珠、樊善标，如果寻获，务必寄回高雄给我。半个月后，他们把我因"积重难返"而留下的奖牌、赠书、礼品等寄到台湾。包裹层层解开，真相揭晓，那顶可怜的帽子，终于是丢定了。

仅仅为了一顶帽子，无论有多贵或是多罕见，本来也不会令我如此大惊小怪。但是那顶帽子不是我买来的，也不是他人送的，而是我身为人子继承得来的——那是我父亲生前戴过的，后来成了他身后的遗物，我存整理所发现，不忍径弃，就说动我且戴起来。果然正合我头，而且款式潇洒，毛色可亲，就一直戴下去了。

那顶帽子呈扁楔形，前低后高，戴在头上，由后脑斜压向前额，有优雅的缓缓坡度，大致上可称"贝雷软帽"（beret），常覆在法国人头顶。至于毛色，则圆顶部分呈浅陶土色，看来温暖体贴；四周部分前窄后宽，织成细密的十字花纹，为淡米黄色。戴在我的头上，倜傥风流，有欧洲名士的超逸，不止一次赢得研究所女弟子的青睐。但帽内的乾坤，只有我自知冷暖，天气愈寒，尤其风大时，帽内就愈加温暖，仿佛父亲的手掌正护在我头上，掌心对着脑门。毕竟，同样的这一顶温暖曾经覆盖过父亲，如今移爱到我的头上，恩佑两代，不愧是父子相传的忠厚家臣。

回顾自己的前半生，有幸集双亲之爱，才有今日之我。当年父亲爱我，应该不逊于母亲。但小时我不常在他身边，始终呵护着我庇佑着我的，甚至在抗战沦陷区逃难，生死同命的，是母亲。呵护之亲，操作之劳，用心之苦，凡她力之所及，哪一件没有为我做过？反之，记忆中父亲从来没打过我，甚至也从未对我疾言厉色，所以绝非什么严父。不过父子之间始终也不亲热。小时候他倒是常对我讲论圣贤之道，勉励我要立志立功。长夏的蝉声里，倒是有好几次父子俩坐在一起看书：他靠在躺椅上看《纲鉴易知录》，我坐在小竹凳上看《三国演义》。冬夜的桐油灯下，他更多次为我启蒙，苦口婆心引领我进入古文的世界，点醒了我的汉魄唐魂。张良啦，魏徵啦，太史公啦，韩愈啦，都是他介绍我初识的。

后来做父亲的渐渐老了，做儿子的越长越大了，各忙各的。他宦游在外，或是长期出差数下南洋，或担任同乡会理事长，投入乡情侨务；我则学府文坛，烛烧两头，不但三度旅美，而且十年居港，父子交集不多。自中年起他就因关节病苦于脚痛，时发时歇，晚年更因青光眼近于失明。二十三年前，我接"中山大学"①之聘，由香港来高雄定居。我存即毅然卖掉台北的故居，把我的父亲、她的母亲一起接来高雄安顿。

许多年来，父亲的病情与日常起居，幸有我存悉心照顾，并得我岳母操劳陪伴。身为他的独子，我却未能经常省视侍疾，想到五十年前在台大医院的加护病房，母亲临终时的泪眼，谆谆叮嘱："爸爸你要好好照顾。"实在愧疚无已。父亲和母亲鹣鲽情深，是我前半生的幸福所赖。只记得他们大吵过一次，却几乎不曾小吵。母亲逝于五十三岁，长她十岁的父亲，尽管亲友屡来劝婚，却终不再娶，鳏夫的寂寞守了三十四年，享年，还是忍年，九十七岁。

可怜的老人，以风烛之年独承失明与痛风之苦，又不能看报看电视以遣忧，只有一架古董收音机喋喋为伴。暗淡的孤寂中，他能想些什么呢？除了亡妻和历历的或是渺渺的往事；除了独子为什么不常在身边；而即使在身边时，也从未陪他久聊一会，更从未握他的手或紧紧拥抱住他的病躯；更别提四个

① 即台湾中山大学。——编者注

可爱的孙女，都长大了吧——但除了幼珊之外，又能听得见谁的声音？

长寿的代价，是沧桑。

所以在遗物之中竟还保有他常戴的帽子，无异是继承了最重要的遗产。父亲在世，我对他爱得不够，而孺慕耿耿也始终未能充分表达。想必他内心一定感到遗憾，而自他去后，我遗憾更多。幸而还留下这么一顶帽子，未随碑石俱冷，尚有余温，让我戴上，幻觉未尽的父子之情，并未告终，幻觉依靠这灵媒之介，犹可贯通阴阳，串联两代，一时还不致径将上一个戴帽人完全淡忘。这一份与父共帽的心情，说得高些，是感恩，说得重些，是赎罪。不幸，连最后的这一点凭借竟也都失去，令人悔恨。

寒流来时，风势助威，我站在岁末的风中，倍加畏冷。对不起，父亲。对不起，母亲。

二〇〇九年四月

海围着山，山围着我

向山和海
向半空
晚霞和
一夜星斗

花鸟

　　客厅的落地长窗外，是一方不能算小的阳台，黑漆的栏杆之间，隐约可见谷底的小村，人烟暖暖。当初发明阳台的人，一定是一位乐观外向的天才，才会突破家居的局限，把一个幻想的半岛推向户外，向山和海，向半空晚霞和一夜星斗。

　　阳台而无花，犹之墙壁而无画，多么空虚。所以一盆盆的花，便从下面那世界搬了上来。也不知什么时候起，栏杆三面竟已偎满了花盆，但这种美丽的移民一点也没有计划，欧阳修所谓的"浅深红白宜相间，先后仍须次第栽"，是完全谈不上的。这么十几盆栽，有的是初来此地，不畏辛劳，挤三等火车抱回来的，有的是同事离开中大①的遗爱，也有的，是买了车后供在后座带回来的。无论是什么来历，容颜各异，我们都一般看待。花神的孩子，名号不同，但迎风招展的神态都是动人的。

　　朝西一隅，是茎藤四延和栏杆已绸缪难解的九重葛，开的是一串串粉白带浅紫的花朵。右边是一盆桂苗，高只近尺，开

---

① 即台湾中山大学。——编者注

花时竟也有高洁清雅的异香，随风漾来。近邻是两盆茉莉和一盆玉兰。这两种香草虽不得列于《离骚》狂吟的芳谱，她们细腻而幽邃的远芬，却是我无力抵抗的。开窗的夏夜，她们的体香回泛在空中，一直远飘来书房里，嗅得人神摇摇而意惚惚，不能久安于座，总忍不住要推纱门出去，亲近亲近。比较起来，玉兰修长的白瓣香得温醇些，茉莉的丛蕊似更醉鼻餍心，总之都太迷人。

再过去是两盆海棠。浅红色的花，油绿色的叶，相配之下，别有一种民俗画的色调，最富中国韵味，而秋海棠叶的象征，从小已印在心头。其旁还有一盆铁海棠，虬蔓郁结的刺茎上，开出四瓣对称的深红小花。此花生命力最强，暴风雨后，只有它屹立不倒，颜色不改。再向右依次是绣球花、蟹爪兰、昙花、杜鹃。蟹爪兰花色洋红而神态凌厉，有张牙奋爪作势攫人之意，简直是一只花魇，令我不敢亲近。昙花已经绽过三次，一次还是双葩对开，真是吉夕素仙。夏秋之间，一夕盛放，皎白的千层长瓣，眼看它恣纵迅疾地展开，幽幽地吐出粉黄娇嫩的簇蕊，却像一切奇迹那样，在目眩神迷的异光中，甫启即闭了。一年含蓄，只为一夕的挥霍，大概是芳族之中最羞涩最自谦最没有发表欲的一姝了。

在这些空中半岛，啊不，空中花园之上，我是两园丁之一，专掌浇水，每日夕阳沉山，便在晚霞的浮光里，提一把白柄蓝身的喷水壶，向众芳施水。另一位园丁当然是阳台的女主人，专司杀虫、施肥、修剪枝叶、翻掘盆土。有时蓓蕾新发，野雀常来偷食，我就攘臂冲出去，大声驱逐。而高台多悲风，脚下那山谷只敞对海湾，海风一起，便成了老子所谓"虚而不屈，动而愈出"的一具风箱。于是便轮到我一盆盆搬进屋来。寒流来袭，亦复如此。女园丁笑我是陶侃运甓。美，也是有代价的。

无风的晴日，盆花之间常依偎一只白漆的鸟笼。里面的客人是一只灰翼蓝身的小鹦鹉，我为它取名蓝宝宝。走近去看，才发现翅膀不是全灰，而是灰中间白，并带一点点蓝；颈背上是一圈圈的灰纹，两翼的灰纹则弧形相掩，饰以白边，状如鱼鳞。翼尖交叠的下面，伸出修长几近半身的尾巴，毛色深孔雀蓝，常在笼栏边拂来拂去。身体的细毛蓝得很轻浅，很飘逸。胸前有两片白羽，上覆浑圆的小蓝点，点数经常在变，少则两点，长全时多至六点，排成弧形，像一条项链。

蓝宝宝的可爱，不只外貌的娇美。如果你有耐性，多跟它做一会儿伴，就会发现它的语言天赋。它参加我们的生活成为最受宠爱的"小家人"才半年，韩惟全由美游港，在我们家小住数日，首先发现它在牙牙学语，学我们的人语。起先我们不信，以为它时发时歇的咿唔唠喋，不过是禽类的哓哓自语，无意识的饶舌罢了。经惟全一提醒，蓝宝宝的断续鸟语，在侧耳细听之下，居然有点人话的意思。只是有时嗫嚅吞吐，似是而非，加以人腔鸟调，句读含混不清，那意境在人禽之间，恐怕连公冶长再世，也难以体会，更无论圣芳济了。

幸运的时候，蓝宝宝会吐出三两个短句："小鸟过来""干什么""知道了""臭鸟不乖"，还有节奏起伏的"小鸟小鸟小小鸟"。小小曲喙的发音设备，毕竟和人嘴不可"同日而语"，所以人语的唇音、齿音等，蓝宝宝虽有娓娓巧舌，仍是模拟难工的。听说要小鹦鹉认真学话，得先施以剪舌的手术，剪了之后就不会那么"大舌头"了。此举是否见效，我不知道，但为了推行人语而违反人道，太无聊也太残忍了，我是绝对不肯的。无所不载无所不容的这世界，属于人，也属于花、鸟、虫、鱼；人类之间，禁止别人发言或强迫人人千口一词，也就够威武的了，又何必向禽兽去行人政呢？因此，盆中的铁海棠，女园丁和我都任其自然，不加扭曲，而蓝宝宝呢，会讲几句人话，固然能取悦于人，满足主人的虚荣心，我们也任其自由发展，从不刻意去教它。写到这里，又听到蓝宝宝在阳台上叫了。不过这一次它是和外面的野雀呼应酬答，是在鸟语。

那样的啁啾，该是羽类的世界语吧。而无论蓝宝宝是在阳台上或是屋里，只要左近传来鸠呼或雀噪，它一定脆音相应，一逗一答，一呼一和，旁听起来十分有趣，或许在飞禽的世界里，也像人世一样，南腔北调，有各种复杂的方言，可惜我们莫能分辨，只好一概称为鸟语。

平时说到鸟语，总不免想起"生生燕语明如剪，呖呖莺声溜的圆"之类的婉婉好音，绝少想到鸟语之中，也有极其可怖的一类。后来参观底特律的大动物园，进入了笼高树密的鸟苑，绿重翠叠的阴影里，一时不见高栖的众禽，只听到四周怪笑咻咻，惊叹咄咄，厉呼磔磔，盈耳不知究竟有多少巫师隐身在幽处施法念咒，真是听觉上最骇人的一次经验。看过希区柯克的惊悚片《鸟》，大家惊疑之余，都说真想不到鸟类会有这么"邪恶"。其实人类君临这个世界，品尝珍馐，饕餮万物，把一切都视为当然，却忘了自己经常捕囚或烹食鸟类的种种罪行有多么残忍。兀鹰食人，毕竟先等人自毙；人食乳鸽，却是一笼一笼地蓄意谋杀。

想到此地，蓝光一闪，一片青云飘落在我的肩上，原来是有人把蓝宝宝放出来了。每次出笼，它一定振翅疾飞，在屋里回翔一圈，然后栖在我肩头或腕际。我的耳边、颈背、须下，是它最爱依偎探讨的地方。最温驯的时候，它会憩在人的手背，低下头来，用小喙亲吻人的手指，一动也不动地，讨人欢喜。有时它更会从嘴里吐出一粒"雀粟"来，邀你共享，据说这是它表示友谊的亲切举动，但你尽可放心，它不会强人所难的，不一会儿，它又径自啄回去了。有时它也会轻咬你的手指头，并露出它可笑的花舌头。兴奋起来，它还会不断地向你磕头，颈毛松开，瞳仁缩小，嘴里更是呢呢喃喃，不知所云。不过所谓"小鸟依人"，只是片面的，只许它来亲人，不许你去抚它。你才一伸手，它立刻回过身来面对着你，注意你的一举一动，不然便是蓝羽一张，早已飞之冥冥。

不少朋友在我的客厅里，常因这一闪蓝云的猝然降临而大吃一惊。女作家心岱便是其中的一位。说时迟那时快，蓝宝宝华丽的翅膀一收，已经栖在她的手腕上了。心岱惊魂未定，只好强自镇定，听我们向她夸耀小鸟的种种。后来她回到台北，还发表《蓝宝》一文，以记其事。

我发现，许多朋友都不知道养一只小鹦鹉有多么有趣，又多么简单。小鹦鹉的身价，就它带给主人的乐趣说来，是非常便宜的。在台湾，每只售六七十元，在香港只要港币六元，美国的超级市场里也常有出售，每只不过五六美元。在丹佛时，我先后养过四只，其中黄底灰纹的一只毛色特别娇嫩，算是珍品，则是花十五美金买来的。买小鹦鹉时，要注意两件事情。年龄要看额头和鼻端，额上黑纹愈密，鼻上色泽愈紫，则愈幼小，要买，当然要初生的稚鹦，才容易和你亲近。至于健康呢，则要翻过身来看它的肛门，周围的细白绒毛要干，才显得消化良好。小鹦鹉最怕泻肚子，一泻就糟。

此外的投资，无非是一只鸟笼，两枝栖木，一片鱼骨和极其迷你的水缸粟钵而已。鱼骨的用场，是供它啄食，以吸取充分的钙质。那么小的肚子，耗费的粟量当然有限，再穷的主人也供得起的。有时为了调剂，不妨喂一点青菜和果皮，让它啄个三五口，也就够了。熟了以后，可以放出笼来，任它自由飞憩，不过门窗要小心关好，否则它爱向亮处飞，极易夺门而去。我养过的近十头小鹦鹉之中，就有两头是这么无端飞掉的。有了这种伤心的教训，我只在晚上才敢把鸟放出笼来。

小鸟依人，也会缠人，过分亲狎之后，也有烦恼的。你吃苹果，它便飞来奇袭，与人争食。你特别削一片喂它，它只浅尝三两口，仍纵回你的口边，定要和你分享大块。你看报，它便来嚼食纸边，吃得津津有味。你写字呢，它便停在纸上，研究你写些什么，甚至以为笔尖来回挥动是在逗它玩乐，便来追咬你的笔尖。要赶它回笼，可不容易。如果它玩得还未尽兴，则无论你如何好言劝诱或恶声威胁，都不能使它俯首归心。最后只有关灯的一招，在黑暗里，它是不敢飞的。于是你伸手擒来，毛茸茸软温温的一团，小心脏抵着你的手心猛跳，吱吱的抗议声中，你已经把它置回笼里。

蓝宝宝是在大埔的菜市上六元买来的，在我所有的"禽缘"里，它是最乖巧、最可爱的一只，现在，即使有谁出六千元，我也不肯舍弃它的。前年夏天，我们举家回台北去，只好把蓝宝宝寄在宋淇府上，劳宋夫人做了半个月的"鸟妈妈"。记得交托之时，还郑重其事，拟了一张"养鸟须知"的备忘录，悬于笼侧，文曰：

一、小米一钵，清水半缸，间日一换，不食烟火，俨然羽仙。

二、风口日暴之处，不宜放置鸟笼。

三、无须为鸟沐浴，造化自有安排。

四、智商仿佛两岁稚婴。略通人语，颇喜传讹。闺中隐私，不宜多言，慎之慎之。

一九七七年五月

沙田山居

　　书斋外面是阳台，阳台外面是海，是山，海是碧湛湛的一弯，山是青郁郁的连环。山外有山，最远的翠微淡成一袅青烟，忽焉似有，再顾若无，那便是，大陆的莽莽苍苍了。日月闲闲，有的是时间与空间。一览不尽的青山绿水，马远夏圭的长幅横披，任风吹，任鹰飞，任渺渺之目舒展来回，而我在其中俯仰天地，呼吸晨昏，竟已有十八个月了。十八个月，也就是说，重九的陶菊已经两开；中秋的苏月已经圆过两次了。

　　海天相对，中间是山。即使是秋晴的日子，透明的蓝光里，也还有一层轻轻的海气，亦幻亦真，像开着一面玄奥的迷镜。照镜的不是人，是神。海与山绸缪在一起，分不出，是海侵入了山间，还是山诱俘了海水。只见海把山围成了一角角的半岛，山呢，把海围成了一汪汪的海湾。山色如环，困不住浩渺的南海，毕竟在东北方缺了一口，放樯桅出去，风帆进来。最是晴艳的下午，八仙岭下，一艘白色渡轮，迎着酣美的斜阳悠悠向大埔驶去，整个吐露港平铺着千顷的碧蓝，就为了反衬那一影耀眼的洁白。起风的日子，海吹成了千亩蓝田，无数的百合此开彼落。到了深夜，所有的山影黑沉沉都睡去，远远近近，零零落落的灯全睡去，只留下一阵阵的潮声起伏；永恒的鼾息，撼人的节奏撼我的心血来潮。有时十几盏渔火赫然，浮现在阒黑的海面，排成一弯弧形，把渔网愈收愈小，围成一丛灿灿的金莲。

海围着山，山围着我。沙田山居，峰回路转。我的朝朝暮暮，日起日落，月望月朔，全在此中度过，我成了山人。问余何事栖碧山，笑而不答，山已经代我答了。其实山并未回答，是鸟代山答了；是虫，是松风代山答了。山是禅机深藏的高僧，轻易不开口的。人在楼上倚栏杆，山列坐在四面如十八尊罗汉叠罗汉。相看两不厌。早晨，我攀上佛头去看日出，黄昏，从联合书院的文学院一路走回来，家，在半山腰上等我。那地势，比佛肩要低，却比佛肚子要高些。这时，山什么也不说，只是争吵的鸟雀泄露了他愉悦的心境。等到众鸟栖定，山影茫然，天籁便低沉下去，若断若续，树间的歌者才歇一下，草间的吟哦又四起。至于山坳下那小小的幽谷，形式和地位都相当于佛的肚脐，深凹之中别有一番谐趣。山谷是一个爱音乐的村女，最喜欢学舌拟声，可惜太害羞，技巧不很高明。无论是鸟鸣犬吠，或是火车在谷口扬笛路过，她也要学叫一声，落后半拍，应人的尾音。

　　从我的楼上望去，马鞍山奇拔而峻峭，屏于东方，使朝
暾姗姗其来迟。鹿山巍然而逼近，魁梧的肩膂遮了半壁西
天，催黄昏早半个小时来临，一个分神，夕阳便落进他的僧袖
里去了。一炉晚霞，黄铜烧成赤金又化作紫灰与青烟，壮哉崦
嵫的神话，太阳的葬礼。阳台上，坐看晚景变幻成夜色。似乎
很缓慢，又似乎非常敏捷，才觉霞光烘颊，余曛在树，忽然变
生咫尺，眈眈的黑影已伸及你的肘腋，夜，早从你背后袭来。
那过程，是一种绝妙的障眼法，非眼睫所能守望的。等到夜色
四合，黑暗已成定局，四周的山影，沉甸甸阴森森的，令人肃
然而恐。尤其是西屏的鹿山，白天还如佛如僧，蔼然可亲，这
时竟收起法相，庞然而踞，黑毛茸蒙如一尊暗中伺人的怪兽，
隐然，有一种潜伏的不安。

　　千山磅礴的来势如压，谁敢相撼？但是云烟一起，庄重
的山态便改了。雾来的日子，山变成一座座的列屿，在白烟
的横波回澜里，载浮载沉。八仙岭果真化作了过海的八仙，时
在波上，时在弥漫的云间。有一天早晨，举目一望，八仙、马
鞍和远远近近的大小众峰，全不见了，偶尔云开一线，当头的
鹿山似从天隙中隐隐相窥，去大埔的车辆出没在半空。我的阳
台脱离了一切，下临无地，在汹涌的白涛上自由来去。谷中的
鸡犬声从云下传来，从辽远的人间。我走去更高处的联合书院

上课，满地白云，师生衣袂飘然，都成了神仙。我登上讲坛说道，烟云都穿窗探首来旁听。

　　起风的日子，一切云云雾雾的朦胧氤氲全被拭净，水光山色，纤毫悉在镜里。原来对岸的八仙岭下，历历可数，有这许多山村野店，水浒人家。半岛的天气一日数变，风骤然而来，从海口长驱直入；脚下的山谷顿成风箱，抽不尽满壑的咆哮翻腾。蹂躏着罗汉松与芦草，掀翻海水，吐着白浪，风是一群透明的猛兽，奔踹而来，呼啸而去。

　　海潮与风声，即使撼天震地，也不过为无边的静加注荒情与野趣罢了。最令人心动而神往的，却是人为的噪声。从清早到午夜，一天四十多班，在山和海之间。敲轨而来，鸣笛而去的，是广九铁路的客车、货车、猪车。曳着黑烟的飘发，蟠蜿着十三节车厢的修长之躯，这些工业时代的元老级交通工具，仍有旧世界迷人的情调，非协和的超声速飞机所能比拟。山下的铁轨向北延伸，延伸着我的心弦。我的中枢神经，一日四十多次，任南下又北上的千只铁轮轮番敲打，用钢铁火花的壮烈节奏，提醒我，藏在谷底的并不是洞里桃源，住在山上，我亦非桓景，即使王粲，也不能不下楼去：

　　　　栏杆三面压人眉睫是青山

碧螺黛迤逦的边愁欲连环

叠嶂之后是重峦，一层淡似一层

湘云之后是楚烟，山长水远

五千载与八万万，全在那里面……

山盟

　　山，在那上面等他。从一切历书以前，峻峻然，巍巍然，从五行和八卦以前，就在那上面等他了。树，在那上面等他。从汉时云秦时月从战国的鼓声以前，就在那上面等他了。虬虬蟠蟠，那原始林。太阳，在那上面等他。赫赫洪洪荒荒。太阳就在玉山背后。新铸的古铜锣。"当"的一声轰响，天下就亮了。

　　这个约会太大，大得有点像宗教。一边，是山、森林、太阳，另一边，仅仅是他。山是岛的贵族，正如树是山的华裔。登岛而不朝山，是无礼。这山盟，一爽竟爽了二十年。其间他曾经屡次渡海，膜拜过太平洋和巴士海峡对岸，多少山。在科罗拉多那山国一闭就闭了两年。海拔一英里之上，高高晴晴冷冷，是六百多天的乡愁。一万四千英尺以上的不毛高峰，犬牙交错，白森森将他禁锢在里面，远望也不能当归，高歌也不能当泣。他成了世界上最高的浪子，石囚。只是山中的岁月，太长、太静了，连摇滚乐的电吉他也不能一声划破。那种高高在上的岑寂，令他不安。一场大劫正蹂躏着东方，多少族人在水里、火里，唯独他学桓景登高避难，过了两个重九还不下山。

　　春秋佳日，他常常带了四个小女孩儿去攀落基山。心惊胆战，脚麻手酸，好不容易爬到峰巅。站在一丛丛、一簇簇的白尖白顶之上，反而怅然若失了。爬啊爬啊，爬到这上面来了又怎么样呢？四个小女孩儿在新大陆玩得很高兴。她们只晓得新大陆，不晓得旧大陆。"问君西游何时还？畏途巉岩不可攀。"忽然他觉得非常疲倦。体魄魁梧的昆仑山，在远方喊他。像母亲喊孩子那样喊他回去。那昆仑山系，所有横的岭、侧的峰，上面所有的神话和传说。落基山美是美，雄伟是雄伟，可惜没有回忆、没有联想，不神祕。要神秘就要峨眉山、五台山、普陀山、武当山、青城山、庐山、泰山，多少寺多少塔多少高僧、隐士、豪侠。那一切固然令他神往，可是最最倾心的，是噶达素齐老峰。那是昆仑山之根，黄河之源。那不是朝山，是回家，回到一切的开始。有一天应该站在那上面，下面摊开整幅青海高原，看黄河，一条初生的脐带，向星宿海吮取生命。他的魂魄，就化成一只雕，向山下扑去。浩大圆浑的空间，旋，令他目眩。

　　那只是，想想过瘾罢了。山不转路转，路不转人转。747才是一只越洋大雕，把他载回海岛。一九七二年。昆仑山仍在神话和云里。黄河仍在《诗经》里流着。岛有岛神，就先朝岛上的名山吧。

上山那一天，正碰上寒流，气温很低。他们向冷上加冷的高处出发。朱红色的小火车冲破寒雾，在渐渐上升的轨道上奔驰起来，不久，嘉义城就落在背后的平原上了。两侧的甘蔗田和香蕉变成相思树和竹林。过了竹崎，地势渐高渐险，轨旁的林木也渐渐挺直起来，在已经够陡的坡上，将自己拔向更高的空中。最后，车窗外升起铁杉和扁柏，像十里苍苍的仪仗队，在路侧排开。也许怕风景不够柔媚，偶尔也亮起几树流霞一般明艳的樱花，只是惊喜的一瞥，还不够为车道镶一条花边。

路转峰回，小火车呜呜然在狭窄的高架桥上驰过。隔着车窗，山谷越来越深，空空茫茫的云气里，脚下远远地只浮出几丛树尖，下临无地，好令人心悸。不久，黑黝黝的山洞一口接一口来吞噬他们的火车。他们被咽进了山的盲肠里，汽笛的惊呼在山的内脏里回荡复回荡。阿里山把他们吞进去又吐出来，算是朝山之前的小小磨炼。后来才发现，山洞一共四十九条，窄桥一共八十九座。一关关闯上去，很有一点《西游记》的味道。

过了十字路，山势益险，饶它是身材窈窕的迷你红火车，到三千多尺的高坡上，也回身乏术了。不过，难不倒它。行到绝处，车尾忽然变成车头，以退为进，潇潇洒洒，循着Z字形那样倒溜冰一样倒上山去。同时森林越见浓密，枝叶交叠的翠盖下，难得射进一隙阳光。浓影所及，车厢里的空气更觉得阴冷逼人。最后一个山洞把他们吐出来，洞外的天蓝得那样彻底，阿里山，已经在脚下了。

终于到了阿里山宾馆，坐在餐厅里。巨幅玻璃窗外，古木寒山，连绵不绝的风景匍匐在他的脚下。风景时时在变，白云怎样回合，群峰就怎样浮浮沉沉，像嬉戏的列岛。一队白鸽在谷口飞翔，有时退得远远的，有时浪沫一样忽然卷回来。眺者自眺，飞者自飞。目光所及，横卧的风景手卷一般展过去展过去展开米家霭霭的烟云①。他不知该餐脚下的翠微，或是，回过头来，满桌的人间烟火。山中清纯如酿的空气，才吸了几口，饥意便在腹中翻腾起来。他饿得可以餐赤松子之霞，饮麻姑之露。

"爸爸，不要再看了。"佩珊说。

"再不吃，獐肉就要冷了。"宓宓也在催。

回过头来，他开始大嚼山珍。

午后的阳光是一种黄澄澄的幸福，他和矗立的原始林和林中一切鸟、一切虫自由分享。如果他有那样一把剪刀，他真想把山上的阳光剪一方带回去，挂在他们厦门街的窗上，那样，雨季就不能围困他了。金辉落在人肌肤上，干爽而温暖，可是四周的空气仍然十分寒冽，吸进肺去，使人神清意醒，有

---

① 即北宋米芾、米友仁父子创作的"米点，山水"画。

一种要飘飘升起的感觉。当然，他并没有就此飞逸，只是他的眼神随昂昂的杉柏从地面拔起，拔起百尺的尊贵和肃穆之上，翠藟青盖之上，是蓝空，像传说里要我们相信的那样酷蓝。

而且静。海拔七千英尺以上那样的，万籁沉淀到底，阒寂的隔音。值得歌颂的，听觉上全然透明的灵境。森林自由自在地进行着深呼吸。柏子闲闲落在地上。绿鸠像隐士一样自管自地吟啸。所以耳神经啊你就像琴弦那么松一松吧，今天轮到你休假。没有电铃会奇袭你的，没有电话、没有喇叭会施刑。没有车要躲、灯要看，没有繁复的号码要记，没有钟表。就这么走在光洁的青石板道上，听自己清清楚楚的足音，也是一种悦耳的音乐。信步所至，要慢，要快，或者要停。或者让一只蚂蚁横过，再继续向前。或者停下来，读一块开裂的树皮。

或者用惊异的眼光，久久，向僵死的断树桩默然致敬。整座阿里山就是这么一所户外博物馆，到处暴露着古木的残骸。时间，已经把它们雕成神奇的艺术。虽死不朽，丑到极限竟美了起来。据说，大半是日本殖民时期伐余的红桧巨树，高贵的躯干风中、雨中不知矗立了百年千年，坎坎的斧斤过后，不知在什么怀乡的远方为栋为梁，或者凌迟寸磔，散作零零星星的家具器皿。留下这一盘盘、一簇簇硕老无朋的树根，夭矫顽强，死而不倒，在日起月落秦风汉雨之后，虬蟠纠结，筋骨尽露的指爪，章鱼似的，犹紧紧抓住当日哺乳的后土不放。霜皮龙鳞，肌理纵横，顽比锈铜废铁，这些久僵的无头尸体早已风化为树精木怪。风高月黑之夜，可以想见满山蠢蠢而动，都是这些残缺的山魈。

幸好此刻太阳犹高，山路犹有人行。艳阳下，有的树桩削顶成台，宽大可坐十人。有的扭曲回旋，畸陋不成形状。有的枯木命大，身后春意不绝，树中之王一传而至二世，再传而至三世，发为三代同堂，不，同根的奇观。先主老死枯槁，蚀成一个巨可行牛的空洞；父王的僵尸上，却亭亭立着青翠的王子。有的昂然庞然，像一个象头，鼻牙嵯峨，神气俨然。更有一些断首缺肢的巨桧，狞然戟刺着半空，犹不甘忘却，谁知道几世纪前的那场暴风雨，劈空而来，横加于它的雷击。

正嗟叹间，忽闻重物曳引之声，沉甸甸地，碾地而来。异声越来越近，在空山里激荡相磨，很是震耳。他外文系出身，自然而然想起凯兹奇尔的仙山中，隆隆滚球为戏的那群怪人。大家都很紧张。小女孩儿们不安地抬头看他。碾声更近了。隔着繁密的林木，看见有什么走过来。是——两个人。两个血色红润的山胞，气喘吁吁地拖着直径约两英尺的一截木材，碾着青石板路跑来。怪不得一路上尽是细枝横道，每隔尺许便置一条。原来拉动木材，要靠它们的滑力。两个壮汉哼哼哈哈地曳木而过，脸上臂上，闪着亮油油的汗光。

　　姐妹潭一掬明澄的寒水，浅可见底。迷你小潭，传说着阿里山上两姐妹殉情的故事。管它是不是真的呢，总比取些道貌可憎的名字好吧。

　　"你们四姐妹都丢个铜板进去，许个愿吧。"

　　"看你做爸爸的，何必这么欧化？"

　　"看你做妈妈的，何必这么缺乏幻想。管他。山神有灵，会保佑她们的。"

　　珊珊、幼珊、佩珊，相继投入铜币。眼睛闭起，神色都很庄重，丢罢，都绽开满意的笑容。问她们许些什么大愿时，一个也不肯说。也罢。轮到最小的季珊，只会嬉笑，随随便便丢完了事。问她许的什么愿，她说："我不知道，姐姐丢了，我就要丢。"

　　他把一枚铜币握在手边，走到潭边，面西而立，心中暗暗祷道："希望有一天能把这几个小姐妹带回家去，带回她们真正的家，去踩那一片博大的后土。新大陆，她们已经去过两次，玩过密歇根的雪，涉过落基山的溪，但从未被长江的水所祝福。希望，有一天能回到后土上去朝山，站在全中国的屋脊上，说，看啊，黄河就从这里出发，长江就在这里吃奶。要是可能，给我七十岁或者六十五岁，给我一间草庐，在庐山，或是峨眉山上，给我一根藤杖，一卷七绝，一个琴童，几位棋友，和许多猴子许多云许多鸟。不过这个愿许得太奢侈了。阿里山神啊，能为我接通海峡对面五岳千峰的大小神明吗？"

姐妹潭一展笑靥，接去了他的铜币。

"爸爸许得最久了。"幼珊说。

"到了那一天，无论你们嫁到多远的地方去，也不关我的事了。"他说。

"什么意思吗？"

"只有猴子做我的邻居。"他说。

"哎呀，好好玩！"

"最后，我也变成一只——千年老猿。像这样。"他做出欲攫季珊的姿态。

"你看爸爸又发神经了。"

慈云寺缺乏那种香火庄严禅房幽深的气氛。岛上的寺庙大半如此，不说也罢。倒是那所"阿里山森林博物馆"，规模虽小，陈设也简陋单调，离世界水准很远，却朴拙天然，令人觉得可亲。他在那里很低回了一阵。才一进馆，颈背上便吹来一股肃杀的冷风。昂过头去，高高的门楣上，一把比一把狞恶，排列着三把青锋逼人的大钢锯。森林的刽子手啊，铁杉与红桧都受害于你们的狼牙。堂下陈列着阿里山五木的平削标本，从浅黄到深灰，色泽不一，依次是铁杉、峦大杉、台湾杉、红桧、扁柏。露天走廊通向陈列室。阿里山上的飞禽走兽，从云豹、麂、山猫、野山羊、黄鼠狼到白头鼯鼠，从绿鸠、蛇鹰到黄鱼鸮，莫不展现它们生命的姿态。一个玻璃瓶里，浮着一具小小的梅花鹿胚胎，白色的胎衣里，鹿婴的眼睛还没有睁开。令他低回的，不是这些，是沿着走廊出来，堂上庞然供立，比一面巨鼓还要硕大的，一截红桧木的横剖面。直径宽于一只大鹰的翼展，堂堂的木面竖在那里，比人还高。树中高贵的族长，它生于宋神宗熙宁十年，也就是公元一〇七七年。一九一二年，也就是明治四十五年，日本人采伐它，千里迢迢，运去东京修造神社。想行刑的那一天，须髯临风，倾天柱，倒地根，这长老长啸扑地的时候，已经有八百三十五岁的高龄了。一个生命，从北宋延续到清末，成为中国历史的证人。他伸出手去，抚摩那伟大的横断面。他的指尖溯帝王的朝代而入，止于八百多个同心圆的中心。多么神秘的一点，一个崇高的生命便从此开始。那时苏轼正是壮年，宋朝的文化正盛开，像牡丹盛开在汴梁①，欧阳修墓土犹新，黄庭坚、周邦彦的灵感犹畅。他的手指按在一个古老的春天上。美丽的年轮轮回着太阳的光圈，一圈一圈向外推开，推向元，推向明，推向

① 牡丹盛开在洛阳，此处应为作者笔误。——编者注

清。太美了。太奇妙了。这些黄褐色的曲线，不是年轮，是中国脸上的皱纹。推出去，推向这海岛的历史。喏，也许是这一圈来了葡萄牙人的三桅战船。这一年春天，红毛鬼闯进了海峡。这一年，国姓爷①的楼船渡海东来。大概是这一圈杀害了吴凤②。有一年龙旗降下升起太阳旗③。有一年他自己的海轮来泊在基……不对不对，那是最外的一圈之外了，喏，大约在这里。他从古代的梦中醒来，用手指画着虚空。

"爸爸，你在干什么呀？"季珊抬头看着他。

他抓住她的小手指，从外向内数，把她的指尖按在第十六圈上。

"公公就是这一年。"他说。

"公公这一年怎么啦？"她问。

走回宾馆，太阳就下山了。宋朝以前就是这样子，汉以前周以前就是这太阳，神农和燧人以前。在那尊巨红桧的心中，春来春去，画了八百圈年轮的长老，就是这太阳。在它眼中，那红桧和岛上一切的神木，都像小孩子一样幼稚吧。后羿留给

---

① 指郑成功。——编者注

② 清代康熙六十一年（1722）至乾隆三十四年（1769）任阿里山通事。吴凤去世后，被百姓尊为"阿里山神"。——编者注

③ 指1895年，清政府与日本签订丧权辱国的《马关条约》，把台湾割让给日本。——编者注

我们的，这太阳。

此刻它正向谷口落下去，像那巨红桧小时候看见的那样，缓缓落了下去。千树万树，在无风的岑寂中肃立西望，参加一幕壮丽无比的葬礼。火葬烧着半边天。宇宙在降旗。一轮橙红的火球降下去，降下去，圆得完美无憾的火球啊，怪不得一切年轮都是它的模仿，因为太阳造物以它自己的形象。

快要烧完了。日轮半陷在暗红的灰烬里，越沉越深。山口外，犹有殿后的霞光在抗拒四围的夜色，横陈在地平线上的，依次是惊红、骇黄、怅青、惘绿和深不可测的诡蓝，渐渐沉溺于苍黛。怔望中，反托在空际的林影全黑了下来。

最后，一切都还给纵横的星斗。

但是太阳会收复世界的，在玉山之巅。在崦嵫山里这只火凤凰会铸冶新的光芒。高处不胜苦寒。他在两条厚毛毯里，瑟缩犹难入梦，盘盘旋旋的山路，还在腿上作麻。夜，太静了。毛黑茸茸的森林似乎有均匀的鼾息。不要错过日出，不要，他一再提醒自己。他要亲眼看神怎样变戏法，那只火凤凰怎样突破蛋黄、怎样飞起来，不要错过，不要。他似乎枕在一座活火山上，有一种美丽的不安。梦是一床太短的被，无论如何也盖不完满。约会女友的前夕，从前，也有过这症状。无以名之，叫作幸福症吧。睡吧睡吧，不要真错过了，不要。

走到祝山顶上，已经是六点半了。虽然是四十华氏度^①的气温，大家都喘着气，微有汗意。脸上都红通通的，"阿里山的姑娘"，他戏呼她们。天色透出鱼肚白，群峰睡意尚未消尽。雾气在下面的千壑中聚集。没有风。只有一只鸟，在新鲜的静寂中试投着它的清音。啾啾唧啾啾唧啭啭唧唧。屏息的期待中，东方的天壁已经炙红了一大片。"快起来了，快起来了。"他回过头去，观日楼下的广场上，已然麇集了百多位观众，在迎接太阳的诞生。已经冻红的脸上，更反映着熊熊的霞光。

"上来了！"

"上来了！"

"太阳上来了、上来了！"

浩阔的空间引爆出一阵集体的欢呼。就在同时，巍峨的玉山背后，火山爆发一样迸出了日头，赤金晃晃，千臂投手向他们投过来密密集集的标枪。失声惊呼的同时，一阵刺痛，他的眼睛也中了一枪。簇新的光，簇新簇新的光，刚刚在太阳的丹炉里炼成，猬集他一身。在清虚无尘的空中飞啊飞啊飞了八分钟，扑到他身上的这簇光并未变冷。巨铜锣玉山上捶了又捶，神的噪声、金熔熔的赞美诗火山熔浆一样滚滚而来，观礼的凡人全擎起双臂忘了这是一种无条件降服的仪式，在海拔

_____
① 即4.44摄氏度。——编者注

七千英尺以上。一座峰接一座峰在接受这样灿烂的祝福，许多绿发童子在接受那长老摩挲头颅。不久，福建和浙江也将天亮。然后是湖北和四川。庐山与衡山。秦岭与巴山。然后是漠漠的青海高原。溯长江、溯黄河而上，噫吁嚱，危乎高哉，天苍苍、野茫茫的昆仑山天山帕米尔的屋顶。太阳抚摩的，有一天他要用脚踵去膜拜。

可是他不能永远这样许下去，这长愿。四个小女孩儿在那边喊他。小红火车在高高的站上喊他，因为嘉义在下面的平原上喊小红火车。该回家了，许多声音在下面那世界喊他。许多街、许多巷子、许多电话电铃、许多开会的通知限时信。许多电梯、许多电视天线在许多公寓的屋顶。许多许多表格在阴暗的许多抽屉等许多图章的打击。第二手的空气。第三流的水。无孔不入，无坚不摧，文明的赞美诗，噪声。什么才是家呢？他属于下面那世界吗？

火车引吭高呼。他们下山了。六千英尺。五千五。五千。他的心降下去。四十九个洞，八十九座桥。刹车的声音起自铁轨，令人心烦。把阿里山还给云豹，还给鹰和鸠，还给太阳和那些森林。荷兰旗、日本旗，森林的绿旌绿帜是不降的旗。四十九个洞。千年亿年。让太阳在上面画那些美丽的年轮。

一九七二年二月二十八日

听听那冷雨

　　惊蛰一过，春寒加剧。先是料料峭峭，继而雨季开始，时而淋淋漓漓，时而淅淅沥沥，天潮潮地湿湿，即使在梦里，也似乎有把伞撑着。而就凭一把伞，躲过一阵潇潇的冷雨，也躲不过整个雨季。连思想也都是潮润润的。每天回家，曲折穿过金门街到厦门街迷宫式的长巷短巷，雨里风里，走入霏霏令人更想入非非。想这样子的台北凄凄切切完全是黑白片的味道，想整个中国整部中国的历史无非是一张黑白片子，片头到片尾，一直是这样下着雨的。这种感觉，不知道是不是从安东尼奥尼那里来的。不过那一块土地是久违了，二十五年，四分之一的世纪，即使有雨，也隔着千山万山，千伞万伞。二十五年，一切都断了，只有气候，只有气象报告还牵连在一起，大寒流从那块土地上弥天卷来，这种酷冷吾与古大陆分担。不能扑进她怀里，被她的裙边扫一扫，也算是安慰孺慕之情吧。

　　这样想时，严寒里竟有一点温暖的感觉了。这样想时，他希望这些狭长的巷子永远延伸下去，他的思路也可以延伸下去，不是金门街到厦门街，而是金门到厦门。他是厦门人，至少是广义的厦门人，二十年来，不住在厦门，住在厦门街，算是嘲弄吧，也算是安慰。不过说到广义，他同样也是广义的江南人，常州人，南京人，川娃儿，五陵少年。杏花春雨江南，那是他的少年时代了。再过半个月就是清明。安东尼奥尼的镜头摇过去，摇过去又摇过来。残山剩水犹如是。皇天后土犹如是。纭纭黔首、纷纷黎民从北到南犹如是。那里面是中国吗？那里面当然还是中国，永远是中国。只是杏花春雨已不再，牧童遥指已不再，剑门细雨渭城轻尘也都已不再。然则他日思夜梦的那片土地，究竟在哪里呢？

在报纸的头条标题里吗？还是香港的谣言里？还是傅聪的黑键白键、马思聪的跳弓拨弦？还是安东尼奥尼的镜底勒马洲的望中？还是故宫博物院的壁头和玻璃柜内，京戏的锣鼓声中太白和东坡的韵里？

杏花，春雨，江南。六个方块字，或许那片土就在那里面。而无论赤县也好神州也好，变来变去，只要仓颉的灵感不灭，美丽的中文不老，那形象那磁石一般的向心力当必然长在。因为一个方块字是一个天地。太初有字，于是汉族的心灵，祖先的回忆和希望便有了寄托。譬如凭空写一个"雨"字，点点滴滴，滂滂沱沱，淅淅沥沥，一切云情雨意，就宛然其中了。视觉上的这种美感，岂是什么rain也好pluie也好所能满足的？翻开一部《辞源》或《辞海》，金木水火土，各成世界，而一入"雨"部，古神州的天颜千变万化，便悉在望中，美丽的霜雪云霞，骇人的雷电霹雹，展露的无非是神的好脾气与坏脾气，气象台百读不厌、门外汉百思不解的百科全书[①]。

听听，那冷雨。看看，那冷雨。嗅嗅闻闻，那冷雨。舔舔吧，那冷雨。雨在他的伞上、这城市百万人的伞上、雨衣上、屋上、天线上，雨下在基隆港、在防波堤海峡的船上，清明这季雨。雨是女性，应该最富于感性。雨气空而迷幻，细细嗅嗅，清清爽爽新新，有一点点薄荷的香味，浓的时候，竟发出草和树林雨后特有的淡淡土腥气，也许那竟是蚯蚓的、蜗牛的腥气吧，毕竟是惊蛰了啊。也许地上的、地下的生命，也许古中国层层叠叠的记忆皆蠢蠢而蠕，也许是植物的潜意识和梦境，那腥气。

第三次去美国，在高高的丹佛山[②]居住了两年。美国的西部，多山、多沙漠，千里干旱。天，蓝似盎格鲁-撒克逊人的眼睛；地，红如印第安人的肌肤；云，却是罕见的白鸟。落基山簇簇耀目的雪峰上，很少飘云牵雾。一来高，二来干，三来森林线以上，杉柏也止步，中国诗词里"荡胸生层云"或是

---

① 简体的"云""电"二字已不属于雨部。——编者注
② 即紧临丹佛市的洛基山脉。——编者注

"商略黄昏雨"的意趣，是落基山上难睹的景象。落基山岭之胜，在石，在雪。那些奇岩怪石，相叠互倚，砌一场惊心动魄的雕塑展览，给太阳和千里的风看。那雪，白得虚虚幻幻，冷得清清醒醒，那股皑皑不绝一仰难尽的气势，压得人呼吸困难，心寒眸酸。不过要领略"白云回望合，青霭入看无"的境界，仍须回中国。台湾湿度很高，最饶云气氤氲雨意迷离的情调。两度夜宿溪头，树香沁鼻，宵寒袭肘，枕着润碧湿翠苍苍交叠的山影和万籁都歇的岑寂，仙人一样睡去。山中一夜饱雨，次晨醒来，在旭日未升的原始幽静中，冲着隔夜的寒气，踏着满地的断柯折枝和仍在流泻的细股雨水，一径探入森林的秘密，曲曲弯弯，步上山去。溪头的山，树密雾浓，蓊郁的水汽从谷底冉冉升起，时稠时稀，蒸腾多姿，幻化无定，只能从雾破云开的空处，窥见乍现即隐的一峰半壑，要纵览全貌，几乎是不可能的。至少上山两次，只能在白茫茫里和溪头诸峰玩捉迷藏的游戏。回到台北，世人问起，除了笑而不答心自闲，故作神秘之外，实际的印象，也无非山在虚无之间罢了。云缭烟绕、山隐水迢的中国风景，由来予人宋画的韵味。那天下也许是赵家的天下，那山水却是米家的山水。而究竟，是米氏父子下笔像中国的山水，还是中国的山水上只像宋画，怨怕是谁也说不清楚了吧？

雨不但可嗅，可观，更可以听。听听那冷雨。听雨，只要不是石破天惊的台风暴雨，在听觉上总是一种美感。大陆上的秋天，无论是疏雨滴梧桐，还是骤雨打荷叶，听去总有一点凄凉、凄清、凄楚。于今在岛上回味，则在凄楚之外，更笼上一层凄迷了，饶你多少豪情侠气，怕也经不起三番五次的风吹雨打。一打少年听雨，红烛昏沉；二打中年听雨，客舟中江阔云低；三打白头听雨在僧庐下。这便是亡宋之痛，一颗敏感心灵的一生：楼上，江上，庙里，用冷冷的雨珠子穿成。十年前，他曾在一场摧心折骨的鬼雨中迷失了自己。雨，该是一滴湿漉漉的灵魂，窗外在喊谁。

雨打在树上和瓦上，韵律都清脆可听。尤其是铿铿敲在屋瓦上，那古老的音乐，属于中国。王禹偁在黄冈，破如椽的大竹为屋瓦。据说住在竹楼上面，急雨声如瀑布，密雪声比碎玉。而无论鼓琴、咏诗、下棋、投壶，共鸣的效果都特别好。这样岂不像住在竹筒里面，任何细脆的声响，怕都会加倍夸大，反而令人耳朵过敏吧。

雨天的屋瓦，浮漾湿湿的流光，灰而温柔，迎光则微明，背光则幽暗，对于视觉，是一种低沉的安慰。至于雨敲在鳞鳞千瓣的瓦上，由远而近，轻轻重重轻轻，夹着一股股的细流沿瓦槽与屋檐潺潺泻下，各种敲击音与滑音密织成网，谁的千指百指在按摩耳轮。"下雨了"，温柔的灰美人来了，她冰冰的纤手在屋顶拂弄着无数的黑键啊灰键啊，把晌午一下子奏成了黄昏。

在古老的大陆上，千屋万户是如此。二十多年前，初来这岛上，日式的瓦屋亦是如此。先是天暗了下来，城市像罩在一块巨幅的毛玻璃里，阴影在户内延长复加深。然后凉凉的水意弥漫在空间，风自每一个角落里旋起，感觉得到，每一个屋顶上呼吸沉重都覆着灰云。雨来了，最轻的敲打乐敲打着城市。苍茫的屋顶，远远近近，一张张敲过去，古老的琴，那细细密密的节奏，单调里自有一种柔婉与亲切，滴滴点点滴滴，似幻似真，若孩时在摇篮里，一曲耳熟的童谣摇摇欲睡，母亲吟哦鼻音与喉音。或是在江南的泽国水乡，一大筐绿油油的桑叶被啮于千百头蚕，细细琐琐屑屑，口器与口器咀咀嚼嚼。雨来了，雨来的时候瓦这么说，一片瓦说，千亿片瓦说，说轻轻地奏吧沉沉地弹，徐徐地叩吧嗒嗒地打，间间歇歇敲一个雨季，即兴演奏从惊蛰到清明，在零落的坟上冷冷奏挽歌，一片瓦吟，千亿片瓦吟。

在日式的古屋里听雨，听四月，霏霏不绝的黄梅雨，朝夕不断，旬月绵延，湿黏黏的苔藓从石阶下一直侵到舌底，心底。到七月，听台风台雨在古屋顶上一夜盲奏，千寻海底的热浪沸沸被狂风挟挟，掀翻整个太平洋只为向它的矮屋檐重重压下，整个海在它的蜗壳上哗哗泻过。不然便是雷雨夜，白烟一般的纱帐里听羯鼓一通又一通，滔天的暴雨滂滂沛沛扑来，强劲的电琵琶忐忐忑忑忐忐忑忑，弹动屋瓦的惊悸腾腾欲掀起。不然便是斜斜的西北雨斜斜刷在窗玻璃上，鞭在墙上打在阔大的芭蕉叶上，一阵寒濑泻过，秋意便弥湿旧式的庭院了。

在日式的古屋里听雨，从春雨绵绵听到秋雨潇潇，从少年听到中年，听听那冷雨。雨是一种单调而耐听的音乐，是室内乐是室外乐，户内听听，户外听听，冷冷，那音乐。雨是一种回忆的音乐，听听那冷雨，回忆江南的雨下得满地是江湖，下在桥上和船上，也下在四川秧田和蛙塘——下肥了嘉陵江下湿布谷咕咕的啼声，雨是潮潮润润的音乐下在渴望的唇上，舔舔那冷雨。

因为雨是最最原始的敲打乐从记忆的彼端敲起。瓦是最最低沉的乐器灰蒙蒙的温柔覆盖着听雨的人，瓦是音乐的雨伞撑起。但不久公寓的时代来临，台北你怎么一下子长高了，瓦的音乐竟成了绝响。千片万片的瓦翩翩，美丽的灰蝴蝶纷纷飞走，飞入历史的记忆。现在雨下在水泥的屋顶和墙上，没有音韵的雨季。树也砍光了，那月桂，那枫树、柳树和擎天的巨椰，雨来的时候不再有丛叶嘈嘈切切，闪动湿湿的绿光迎接。

鸟声减了啾啾，蛙声沉了咯咯，秋天的虫吟也减了唧唧。七十年代的台北不需要这些，一个乐队接一个乐队便遣散尽了。要听鸡叫，只有去《诗经》的韵里找。现在只剩下一张黑白片，黑白的默片。

正如马车的时代去后，三轮车的时代也去了。曾经在雨夜，三轮车的油布篷挂起，送她回家的途中，篷里的世界小得多可爱，而且躲在警察的辖区以外，雨衣的口袋越大越好，盛得下他的一只手里握一只纤纤的手。台湾的雨季这么长，该有人发明一种宽宽的双人雨衣，一人分穿一只袖子，此外的部分就不必分得太苛。而无论工业如何发达，一时似乎还废不了雨伞。只要雨不倾盆，风不横吹，撑一把伞在雨中仍不失古典的韵味。任雨点敲在黑布伞或是透明的塑胶伞上，将骨柄一旋，雨珠向四方喷溅，伞檐便旋成了一圈飞檐。跟女友共一把雨伞，该是一种美丽的合作吧。最好是初恋，有点兴奋，更有点不好意思，若即若离之间，雨不妨下大一点。真正初恋，恐怕是兴奋得不需要伞的，手牵手在雨中狂奔而去，把年轻的长发和肌肤交给漫天的淋淋漓漓，然后向对方的唇上颊上尝凉凉甜甜的雨水。不过那要非常年轻且激情，同时，也只能发生在法国的新潮片里吧。

大多数的雨伞想不会为约会张开。上班下班，上学放学，菜市来回的途中。现实的伞，灰色的星期三。握着雨伞。他听那冷雨打在伞上。索性更冷一些就好了，他想。索性把湿湿的灰雨冻成干干爽爽的白雨，六角形的结晶在无风的空中回回旋旋地降下来。等须眉和肩头白尽时，伸手一拂就落了。二十五年，没有受故乡白雨的祝福，或许发上下一点白霜是一种变相的自我补偿吧。一位英雄，禁得起多少次雨季？他的额头是水成岩削成还是火成岩？他的心底究竟有多厚的苔藓？厦门街的雨巷走了二十年与记忆等长，一座无瓦的公寓在巷底等他，一盏灯在楼上的雨窗子里，等他回去，向晚餐后的沉思冥想去整理青苔深深的记忆。

前尘隔海。古屋不再。听听那冷雨。

一九七四年春分之夜

不流之星

1

最后，总算找到一丛林投树影。高岛把吉普车开过来，横挡在树丛背后，风势就不再那么嚣张了。他从车厢里取出油布，铺在碎沙地上，再把两床毛毯压在布上，镇住掀腾的海风。车灯一熄，就只剩潮声涛涛，在林投树外捣打着黑岸。四个人头朝着吉普车，脚底朝着远方的公路，并排仰卧在毯上。

于是十一月的夜空，啊，星空，为我们揭开了天启。

那一天正是二〇〇一年十一月十七日，天文学家早已预告狮子星座会下流星雨。观星族昼伏夜出，都远离人间的灯火，去暗处，仰望天上的星光，恨不得眼睛能长在头顶。我们原不想去凑热闹，因为四年前海尔-波普彗星过境，观星族在南部空前塞车，倾巢而出的盛况，真像遍野露宿，要迎接外太空光临的什么明星。也确是明星啊，青发飘扬，被梳于太阳风炎炎的火掌。更是稀客，四千年才来访这么一趟。那气派，似乎众星都成了标点，唯独它才是跨版的头条。我们的车当然也困在屏东某处，好不容易才挤到一座桥下，在甘蔗田边露宿了一晚。

这一次原来是为了我存的生日，和朋友们来青蛙石旁的青年活动中心提前庆祝。晚餐过后，大家唱了十几首歌，酒意渐退，夜色转深，户外的海风刮得更紧，大家也就散了。

高岛却意犹未尽，浓眉一扬说，何不出去散一会儿步。我们说风太大了，恐怕会冷。他就说，多穿一点好了。于是我们，就是我存、幼珊、我，都戴上帽子，围上围巾，跟高岛推门而出。

走到中庭，清狂的海风将人吹醒，抬头一望，天上却异常骚动。星光像棋子一般早已布满了，密密的星光迎风寒战，像彼此在呼应，又像是对我们召喊。大家兴奋起来，禁不起高岛一怂恿，都上了他的吉普车。不到半小时，我们就躺在巴士海峡的岸边了。

海浪嚣嚣侵耳。海风像冷血的蛇，窜入了衣袖和裤脚管，令人不安。我一提恐怕有蛇，大家竟有些惴惴，林投树光也似乎塞窣可疑了。已经十点多了，远方的公路上偶尔车过，灯光也掠人眉睫。但最后，星空的壮丽无言而化，令人平静了下来。

2

该知道的，近来已经成为常识了。所谓流星，只是彗星轨道上留下的杂屑碎片，因辐射与太阳风而散开，与地球相遇，就冲撞或追撞上来，但因速度每秒高达七十四到一百一十公里，在大气层的外围，离地面八十五到一百一十五公里就烧光了。流星往往极小，细如沙粒，甚至只有百万分之一克，再小就看不见了。大的可以到一千公斤。如果能直透大气落到地面，就算是陨石了。通常每一天来侵地球的流星，达到一亿颗之多，简直不可思议。幸好我们有大气层保护。没有大气的月球就赤裸裸的，任凭万古陨石的袭击，只好变成麻脸美人了。

"狮子座的流星，"我存说，"都是从狮子星座射出来的吗？"

"不是的，"我说，"狮子座离我们远得很呢！例如它的第一号星Regulus，我们叫作轩辕十四，就离地球有七十光年①。至于今晚我们要看的流星，不过是彗星尘在地球大气层摩擦燃烧的景象。只因它出现在狮子座的方向，我们为了方便，这么称呼而已。其实这些所谓流星，离我们只有一百公里左右，跟那些天外的狮子毫无关系。"

"那狮子座究竟在什么方向呢？"幼珊说。

"在这个季节的晚上，"我说，"十点多了，应该在东北的高空，不难找的。"

"没错，"高岛说着，用电筒照着星图手册翻了一下，

① 轩辕十四距地球的实际距离约为79.3光年。——编者注

"就在北斗的斜上方。斗魁朝外的两颗亮星，天枢和天璇，连成一线向下延长五倍，是北极星，向上延长七八倍，就是狮子座的老大Alpha了①。"

"是鹅銮鼻的上面吗？"我存说。

"还要朝北一点。"我说。

"先要找到北斗七星才行。"我存说。

"那不是北斗吗？"幼珊指向三十多度的北空，"斗柄朝上呢——"

"啊！"两个女人同时惊呼，兴奋异常。

"是流星吗？"高岛问。

"是呀！"幼珊得意地笑了。

预测成真，大家都很兴奋，一起仰望着璀璨的星穹，像是共读着一页闪着神秘符号的无字天书。那奥秘之书，读得人目眩而神迷，愈是不解愈觉得耐看，终于幻觉此身已非我，似乎正在蝉蜕而飞升，浮游于着魔之境。久之，我竟半寐半寤，渐渐忘了此行是来仰观流星的。

"啊！"三个人一起惊叹，这一次，连高岛也见到了。

"我怎么就没看见？"我惋惜道。

只有一次，我眼角似乎有一闪异光掠过。而这时，我存

①　Alpha是大犬座的天狼星。——编者注

已数到六颗，幼珊和高岛也各见了三颗。我有些不甘心，但仍然觉得不虚此行。虽然流星雨只沾到一滴，但是这满天的"不流之星"，这一簇簇一丛丛高吊的氢灯与氦灯，夺目而攫神，空间至宏至大，时间至长至久，乃无与伦比的终极剧院，几闪一瞥即逝的流星，不过是无足轻重的临时演员——我真正要崇拜的是这些"不流之星"交辉互映的洪荒气象、宇宙舞台。今夕何幸，竟能枕着涛声、风声，脚心对着北极的天轴，让我蜕去卑微的此身，匆促的此生，从容不迫，向诸天的众神默祷致敬。

我们仰偃的沙岸在台湾最南端，还不到北纬二十二度。相对地，北极星的仰角也就低于二十二度，太近地面了，就很难找。但它的指标北斗七星，希腊人叫作大熊座的，入冬便转到它的上面来了。这一丛灿烂是北天最显贵的光族，除了柄魁相接的天权之外，其余六星全是二等，加起来就灼灼耀眼了。难怪唐人的诗句说"北斗七星高，哥舒夜带刀"，因为愈往北走，七星就愈高，仰角与纬度形成正比，而愈高也就愈明亮了。

把斗魁朝外的一边，也就是天璇接天枢的虚线延长五倍，就是北极星所在了。其实，渺渺天球，茫茫宇宙，无数赤经猬集的一点，太虚幻境最神秘的瓜蒂，离北极星，所谓的北极星，还有一度。这在天文上便谬以光年了。天文学家说，到公元二一〇〇年，那距离会缩减到半度以下。

不过，天文学家又说，过了公元二一〇〇年，天球的北极又会逐年远离今日的北极星，而向织女星缓缓移动。当然，从人类短促的岁月看来，那变化何止沧海桑田，简直是天长地久。原来我们这可怜的地球，年去年来，在太空自转又公转，那曲折的长途并非逍遥之旅，而是身不由己，受到星际引力不断的牵连。太阳系的远亲与近邻，从日月到内外的行星，对我们拉扯的结果，使地球成为一只旋转得不稳的陀螺。而相对于地轴倾斜的摇摆，天轴在天球上也描出二十三度半的赤纬，于是满天纵横的星座也必须调整坐标，同时春分在赤道上的位置也不断西移。变动的幅度大约是每七十年一度，平均两万六千年满一周期。

天轴北极既然随地轴变动，天文学家乃预测，到公元一万四千年，昊天的绝顶当移至织女星的附近，于是织女星就要取代北极星，夜复一夜，接受众星簇拥的光荣了。

3

这时流星已渐稀，大家的目光漫巡于北天，不禁讨论起北斗七星来。高岛举起电筒的弱柱，不自量力地妄朝星空扫来扫去。

"要连接七星的哪两颗，"幼珊说，"才能指到北极星呢？"

"把方斗朝外的一边，哪，"高岛说着，电筒的光芒抖了两下，"向下描五倍的样子，就是了。"

"我还是找不到。"我存放下双筒望远镜。

"找不到的，"我说，"北极星太低了，而且并不亮丽，只是二等星。倒是一万两千年后，来接班的织女星是天上第五颗最亮的明星。其实织女星的亮度是太阳的五十倍，只是它离我们有二十五光年，是天狼星距离的三倍，如果把它放在天狼星的位置，那它的光芒不但会盖过天狼，恐怕连金星和火星也要逊色。其实呢，所谓星象并非永恒，只是人生的蜉蝣蛄怎么能看透神的春秋呢？而另一方面，亘古的星象，我们所见的，不过是从有限的角度，一偏之见而已，真正是坐井观天——"

"我们躺在这里，像四只井底之蛙！"高岛呵呵大笑。大家都笑了起来。"一点也不错，"我叹道，"障碍太多了。人间的灯火，以近害远。愈近地面，景象愈模糊。而不平的地平线正是我们的井口，把我们困在里面。何况浩瀚的星空太高深了，光年的远景天外有天，日上有日，银河的盘旋之后更旋着千盘百盘的银河，凭我们的目光如豆——"

"对呀，还比不上青蛙的大复眼呢！"幼珊打断我得意的呓语。

"看哪，天狼星都升起来了！"高岛惊呼。

"在哪里？"我存说。

"向左边看，"我说，"还没有那么高。它出来还没太久呢。冬晚看星，要从猎户座看起，因为它就在天球赤道上，接近天顶，而且形状好认，亮星多而集中，所以最有气派，自然成为前半夜最显赫的天标。猎户座本身就有两大明星：左翼的参宿四是星空第十亮星，右翼的参宿七是星空第七。紧追在猎户后面的，是诸天最亮的天狼，而猎户紧追的，是金牛，和牛目眈眈的毕宿五，光芒为星空第十四。毕宿五的西名是阿尔德巴朗（Aldebaran），来自阿拉伯文，意思是'追踪者'——"

"还要追呀，"幼珊笑了，"又追什么呢？"

"我知道，"高岛说，"追七姐妹！"

"对！追巨人阿特力士和水神所生的七个女儿，"我说，"古希腊神话说，猎人俄里翁（Orion）苦追七姐妹，月神来救，把她们变成了星座，升天后还依偎在一起。其实呢，那一丛密密麻麻，何止七颗，还纠缠着一窝暧昧的星云——"

"何止七颗呢，有好几十颗！"高岛说着，把望远镜递给了我存。

"哎呀！"忽然她和幼珊齐发惊呼。

"又是一颗流星，你看到没有？"我存问我。

　　"我还是没看到，"我说，"恐怕是没有流星缘吧。不过今晚天色清朗，风紧星密，虽然流星不多，而我见到的更少，但是这满天的'不流之星'，这许多历历星宿，暧暧天河，我们今晚一同仰望的，古代的圣贤豪杰，骚人逐客，在寂寞的深更也都曾叹息见证，叹生命的匆促，宇宙的无穷。能这么并排仰卧在天地之间，共同面对赤裸裸的宇宙，该是最值得纪念的一夜了。想一百多年前，寂寞无告的凡·高，戴着帽檐插烛的草帽，在阿尔的夜空下画那幅神奇的《星月夜》时，又有谁肯陪伴着他呢？"

　　大家又陷入冥想之中。

4

　　当近空的流星擦火柴似的一闪即灭，就算是流星雨吧，也不过是一场小阵雨，怎么淋得熄远空高穹悬挂的千万座大吊灯呢？天狼星南面的气象君临着海天，狼睛的青辉睥睨慑人。

　　猎户升得更高了，艳红的参宿四与透蓝的参宿七遥遥呼应，像隔着三星连贯的钻石腰带，在互打旗语。前面奔踹的是金牛，绯橙色的怪眼定定瞪住惊怯的七姐妹，瑟缩在一起像一团星云，不，星雾。据说这一簇姐妹淘诞生才一亿五千万年，这在星裔史上要算豆蔻青春了。

但是谁也不可能去追她们了，因为夐辽开阔的这大千世界，光年的驿站无始无终，光波与电磁波在寂寞的真空里辛勤地奔波，无所谓昼夜，更不论季节。什么都在绝望的另一端：织女离我们二十五光年，牵牛离我们十六光年，就凭人间一瞬的七夕，能横渡无情的天河吗？光华绚灿的星穹，那样豪奢的亿兆灯饰，炫人眼睫，夜复一夜的嘉年华会，空耗的排场，只有众神才挥霍得起。究竟是为了谁呢？又能够维持多久呢？不可能是为了渺小的人类吧？二十五光年或三千光年有什么区别呢？反正是可望而不可即吧。人类不过是一群穷孩子，而星空是富丽昂贵的展示橱窗，那些希腊名牌的非卖品，只能踮着脚看，不许摸的。

然则以北极星为轴顶，这星斗阑干的一盘盘奇诡图案，变中有常，常中有变，早在八卦与楔形文字之前，已经像旋转木马那样子天旋地转。那一组又一组灿烂而又隐晦的符号，从伏羲到张衡到徐光启，从希巴克斯到哥白尼到牛顿到马克斯韦尔，多少好奇的眼睛为之动心而出神而长夜不寐，为了向此中寻求天启。然则奥秘的星空啊究竟是宗教之源、神话之墟，还是科学的现场？最耐久、最耐读，也最难索解的密码，罗列着光谱，标点着黑暗，谁能说得清，究竟是无限的坐标、永恒的隐喻，还是众神的脸谱？

尽管如此，这一刻却轮到了我，轮到我仰卧在南溟之滨，北纬二十二度还不足，东经一百二十一度却更加，来仰对初冬肃穆的高穹。全宇宙神秘的光彩，有的近在几个光年外，像人马座的主星，有的远从好几千甚至几百万光年的彼端，像仙女座暧昧的银河，跨越真空的迢迢征途，虽然方向各异，长短不一，此刻却不约而同，竟猬集而辐辏，都赶到我的睫间，全宇宙亿兆的星球，竟都纳入了一球渺小，像我忙碌的瞳孔。不知道这是否造化有意的安排，或许，所谓永恒也不过如此。

二○○二年七月三十一日

海缘

1

曹操横槊赋诗，曾有"山不厌高，海不厌深"之句。这意思，李斯在《谏逐客书》里也说过。尽管如此，山高与海深还是有其极限的。世界上的最高峰珠穆朗玛峰，海拔是二万九千零二十八英尺[①]，但是最深的海沟，所谓马里亚纳海沟（Mariana Trench），却低陷三万六千二百零一英尺[②]。把世上蟠蜿的山脉全部浸在海里，没有一座显赫的峰头能出得了头。

其实也不必这么费事了。就算所有的横岭侧峰都穿云出雾，昂其孤高，在众神或太空人看来，也无非一钵蓝水里供了几簇青绿的假山而已。在我们这水陆大球的表面，陆地只得十分之三，而且四面是水，看开一点，也无非是几个岛罢了。当然，地球本身也只是一个太空孤岛，注定要永久漂泊。

[①] 文中的29028英尺（8847.7米）为1954年印度测绘局估算的数字。现在采用的珠峰高度为8848.86米，由2020年中国测绘局和中国登山队共同完成测量。——编者注
[②] 20世纪50年代，苏联测得11034米（36201英尺）。——编者注

话说回来，在我们这仅有的硕果上，海洋仍然是一片伟大非凡的空间，大得几乎有与天相匹的幻觉。害得曹操又说："日月之行，若出其中。星汉灿烂，若出其里。"豪斯曼更说："滂沱雨入海，不改波涛咸。"

无论文明如何进步，迄今人类仍然只能安于陆栖，除了少数科学家之外，面对大海，我们仍然像古人一样，只能徒然叹其夐辽，羡其博大，却无法学鱼类的摇鳍摆尾，深入湛蓝，去探海若的宝藏，更无缘迎风振翅，学海鸥的逐波巡浪。退而求其次，望洋兴叹也不失为一种安慰：不能入乎其中，又不能凌乎其上，那么，能观乎其旁也不错了。虽然世界上水多陆少，真能住在海边的人毕竟不多。就算住在水城港市的人也不见得就能举头见海，所以在高雄这样的城市，一到黄昏，西子湾头的石栏杆上就倚满了、坐满了看海的人。对于那一片汪洋而言，目光再犀利的人也不过是近视，但是望海的兴趣不因此稍减。全世界的码头、沙滩、岩岸，都是如此。

我们这民族，望海也不知望了多少年了，甚至出海、讨海也不知多少代了。奇怪的是，海在我们的文学里并不占什么分量。虽然孔子在失望的时候总爱放出空气，说什么"道不行，乘桴浮于海"，害得子路空欢喜一场，结果师徒两人当然都没有浮过海去。庄子一开卷就说到南溟，用意也只是在寓言。中国文学里简直没有海洋。像曹操《观沧海》那样的短制已经罕见了，其他的作品多如李白所说："海客谈瀛洲，烟涛微茫信难求。"甚至《镜花缘》专写海外之游，真正写到海的地方，也都草草带过。

西方文学的情况却大不相同，早如古希腊罗马的史诗，晚至康拉德的小说，处处都听得见海涛的声音。英国文学一开始，就嗅得到咸水的气味，从《贝奥武夫》和《航海者》里面吹来。中国文学里，没有一首诗写海能像梅士菲尔的《拙画家》（Dauber）那么生动，更没有一部小说写海能比拟《白鲸记》那么壮观。这种差距，在绘画上也不例外。像日希柯（Théodore Géricault）、德拉克罗瓦、窦纳等人作品中的壮阔海景，在中国画中根本不可思议。为什么我们的文艺在这方面只能望洋兴叹呢？

2

我这一生，不但与山投机，而且与海有缘，造化待我也可谓不薄了。我的少年时代，达七年之久在四川度过，住的地方在铁轨、公路、电话线以外，虽非桃源，也几乎是世外了。白居易的诗句"蜀江水碧蜀山青"，七个字里容得下我当时的整个世界。蜀中天地是我梦里的青山，也是我记忆深处的"腹地"。没有那七年的山影，我的"自然教育"就失去了根基。可是当时那少年的心情却向往海洋，每次翻开地图，一看到海岸线就感到兴奋，更不论群岛与列屿。

海的呼唤终于由远而近。抗战结束，我从千叠百障的巴山里出来，回到南京。我从金陵大学转学到厦门大学，读了一学期后，又随家庭迁去香港，在那海城足足做了一年难民。在厦门那半年，骑单车上学途中，有两三里路是沿着海边，黄沙碧水，飞轮而过，令我享受每一寸的风程。在香港那一年，住在陋隘的木屋里，并不好受，却幸近在海边，码头旁的大小船艇，高低桅樯，尽在望中。当时自然不会知道，这正是此生海缘的开始。隔着台湾海峡和南海的北域，厦门、香港、高雄，布成了我和海的三角关系。厦门，是过去时了。香港，已成了现在完成时，却保有视觉暂留的鲜明。高雄呢，正是现在进行时。

至于台北，住了几乎半辈子，却陷在四围山色里，与海无缘。住在台北的日子，偶因郊游去北海岸，或是乘火车途经海线，就算是打一个蓝汪汪的照面吧，也会令人激动半天。那水蓝的世界，自给自足，宏美博大而又起伏不休，每一次意外地出现，都令人猛吸一口气，一惊，一喜，若有天启，却又说不出究竟。

3

现在每出远门，都非乘飞机不可了。想起坐船的时代，水拍天涯，日月悠悠，不胜其老派旅行的风味。我一生的航海经验不多，至少不如我希望的那么丰富。抗战的第二年，随母亲从上海乘船过香港而去越南。一九四九年，先从上海去厦门，再从厦门去香港，也是乘船。从香港第一次来台湾，也是由水路在基隆登陆。最长的一程航行，是留美回来时横渡太平洋，从旧金山经日本、琉球，沿台湾岛东岸，绕过鹅銮鼻而抵达高雄，历时约为一月。在日本外海，我们的船，"招商局"的"海健号"，遇上了台风，在波上俯仰了三天。过鹅銮鼻的时候，正如水手所说，海水果然判分二色：太平洋的一面墨蓝而深，台湾海峡的一面柔蓝而浅。所谓海流，当真是各流各的。

那已是近三十年前的事，后来长途旅行，就多半靠飞而不靠浮了。记得只有从美国大陆去南太基岛、从香港去澳门，以及往返英法两国越过多佛尔海峡，是坐的渡船。

要是不赶时间，我宁坐火车而不坐飞机。要是更从容呢，就宁可坐船。一切交通工具里面，造型最美、最有气派的该是越洋的大船，怪不得丁尼生要说the stately ships。要是你不拘形貌，就会觉得一艘海船，尤其是漆得皎白的那种，凌波而来的闲稳神态，真似一只天鹅。

　　站在甲板上或倚着船舷看海，空阔无碍，四周的风景伸展成一幅无始无终的宏观壁画，却又比壁画更加壮丽、生动，云飞浪涌，顷刻间变化无休。海上看晚霞夕烧全部的历程，等于用颜色来写的抽象史诗。至于日月双球，升落相追，更令人怀疑有一只手在天外抛接。而无论有风还是无风，迎面而来的海气，总是全世界最清纯可口的空气吧。海水咸腥的气味，被风浪抛起，会令人莫名其妙地兴奋。机房深处沿着全船筋骨传来的共振，也有点催眠的作用。而其实，船行波上，不论是左右摆动，还是前后起伏，本身就是一个具体而巨的摇篮。

　　晕船，是最煞风景的事了。这是海神在开陆栖者的小小玩笑，其来有如水上的地震，虽然慢些，却要长些，真令海客无所遁于风浪之间。我曾把起浪的海叫作"多峰驼"，骑起来可不简单。有时候，浪间的船就像西部牛仔胯下的蛮牛顽马，腾跳不驯，要把人抛下背来。

4

　　海的呼唤越远越清晰。爱海的人，只要有机会，总想与海亲近。今年夏天，我在汉堡开会既毕，租了一辆车要游德国。当地的中国朋友异口同声，都说北部没有看头，要游，就要南下，只为莱茵河、黑森林之类都在低纬的方向。我在南游之前，却先转过车头去探北方，因为波罗的海吸引了我。当初不晓得是谁心血来潮，把Baltic Sea译成了波罗的海，真是妙绝。这名字令人想起林亨泰的名句："然而海，以及波的罗列。"似乎真眺见了风吹浪起、海叠千层的美景。当晚果然投宿在路边的人家，次晨便去卡佩恩（Kappeln）的沙岸看海。当然什么也没有，只有蓝茫茫的一片，反晃着初日的金光，水平线上像是浮着两朵方蕈①，白得影影绰绰的，该是钻油台吧。更远处，有几双船影疏疏地布在水面，像在下一盘玄妙的慢棋。近处泊着一艘渡轮，专通丹麦，船身白得令人艳羡。这，就是波罗的海吗？

去年五月，带了妻女从西雅图驶车南下去旧金山，不取内陆的坦途，却取沿海的曲道，为的也是观海。左面总是挺直的杉林张着翠屏，右面就是一眼难尽的太平洋了。长风吹阔水，层浪千折又万折，要折多少折才到亚洲的海岸呢？中间是什么也没有，只有难以捉摸，唉，永远也近不了的水平线其实不平也不是线。那样空旷的水面，再大的越洋货柜轮，再密的船队，也莫非可怜的小甲虫在疏疏的经纬网上蠕蠕地爬行，等暴风雨的黑蜘蛛扑过来——捕杀。从此地到亚洲，好大的一

① 即方形粉褶蕈，一种真菌。——编者注

弧凸镜鼓着半个地球，像眼球横剖面的水晶体与玻璃体，休要小觑了它，里面摆得下十九个中国。这么浩渺，令人不胜其——乡愁吗？不是的，不胜其惘惘。

第一夜我们投宿在俄勒冈州的林肯村。村小而长，我们找到那家汽车旅馆（motel），在风涛声里走下三段栈道似的梯级，才到我们那一层楼。原来小客栈的正面背海向陆，斜叠的层楼依坡而下，一直落到坡底的沙滩。开门进房，迎面一股又霉又潮的海气，赶快扭开暖气来驱寒。落地的长窗外，是空寂的沙，沙外，是更空寂的海，潮水一阵阵地向沙地卷过来，声撼十方。就这么，梦里梦外，听了一夜的海。全家四人像一窝寄生蟹，住在一只满是回音的海螺里。

第二夜进入加利福尼亚州，天已经暗下来了，就在边境的新月城（Crescent City）歇了下来。那小镇只有三两条街，南北走向，与涛声平行，我们在一家有楼座的海鲜馆临窗而坐，一面嚼食蟹甲和海扇壳里剥出来的嫩肉，一面看海岸守卫队的巡逻艇回港来，桅灯在波上随势起伏。天上有毛边的月亮，淡淡的，在蓬松的灰云层里出没。海风吹到衣领里来，已经是初夏了，仍阴寒逼人。回到客栈，准备睡了，才发觉外面竟有蛙声，这在我的美国经验里却是罕有，倒令人想起中国的水塘来了。远处的岬角有灯塔，那一道光间歇地向我们窗口激射过来，令人不安。最恼人的，却是深沉而悲凄的雾号，也是时作时歇，越过空阔的水面，一直传到海客的枕前。这新月城不但孤悬在北加利福尼亚州的边境，而且背负着巨人族参天的红木森林，面对着太平洋，正当海陆之交，可谓双重的边镇。这样的边陲感，加上轮转的塔光与升沉的雾号，使我梦魂惊拢，真的是"一宿行人自可愁"了。

次日清早被涛声撼起，开门出去，一条公路从南方绕过千重的湾岬伸来，把我们领出这小小的海驿。

5

"仁者乐山，智者乐水"，圣人曾经说过。爱水的人果真是智者吗？那么，爱海的人岂非大智？其实攀山与航海的人更是勇者，因为那都是冒险的探索，那种喜悦往往会以身殉职。在爱海人里，我只是一个陆栖的旁观者，颇像西方人对猫的嘲笑："性爱戏水，却怕把脚爪弄潮。"水手和渔夫在咸风咸浪里讨生活，才是真正下水的爱海人。真正的爱海人呢，也许是爱恨交加吧！譬如爱情，也可分作两类：深入的一类该也是爱恨交加的；另一类虽未必深入，却不妨其为自作多情。我正是对海单相思的这一类。

十二年来我一直住在海边，前十一年在香港，这一年来到高雄。对于单恋海洋的陆栖者，也就是四川人嘲笑的旱鸭子而言，这真是至福与奇缘。世界上再繁华的内陆都市，比起就算是较次的什么海港来，总似乎少了一点退步，一点可供远望与遐思的空间。住在海边，就像做了无垠（Infinity）的邻居，一切都会看得远些、看得开些吧。海，是不计其宽的路，不闭之门，常开之窗。再小的港城，有了一整幅海天为背景，就算剧台本身小些、观众少些，也显得变化多姿，生动了起来，就像写诗和绘画都需要留点空白一样。有水，风景才显得灵活。所以中国画里，明明四围山色，眼看无计可施了，却凭空落下来一泻瀑布，于是群山解颜。巴黎之美，要是没有塞纳河一以贯之，萦回而变化之，也会逊色许多。台北本来有一条河可以穿起市景，却不成其为河了。高雄幸而有海。

海是一大空间，一大体积，一个伟大的存在。海里的珍珠与珊瑚、水藻与水族、遗宝与沉舟，太奢富了，非陆栖者所能探取。单恋海的人能做一个"观于海者"，像孟轲所说的那样，也就不错了。不过所谓观于海当然也不限于观；海之为物，在感性上可以观、可以听、可以嗅、可以触，一步近似一步。

香港的地形百转千回，无非是岛与半岛，不要说地面上看不清楚了，就连在飞机上，观者也应接不暇。最大的一块面积在新界，其状有如不规则的螃蟹，所有的半岛都是它伸爪入海的姿势。半岛既多，更有远岛近矶呼应之胜，海景自然大有可观。就这一点来说，香港的海景看不胜看，因为每转一个弯，山海洲矶的相对关系就变了，没有谁推开自己的窗子便能纵览香港的全貌。

钟玲在香港大学的宿舍面西朝海，阳台下面就是汪洋，远航南洋和西欧的巨舶，都在她门前路过。我在中文大学的楼居面对的却是内湾，叫吐露港，要从东北的峡口出去，才能汇入南海。所以我窗外的那一片潋滟水镜，虽然是海的婴孩，却更像湖的表亲。除非是起风的日子，吐露港上总是波平浪静、潮汐不惊。青山不断，把世界隔在外面，把满满的十里水光围在里面，自成一个天地。我就在那里看渡船来去，麻鹰飞回，北岸的小半岛蜿蜒入水，又冒出水面来浮成苍苍的四个岛丘，更远处是一线长堤，里面关着一潭水库。

6

去年九月，我从香港迁来高雄，幸而海缘未断，仍然是住在一个港城。开始的半年住在市区的太平洋大厦，距海岸还有两三公里，所以跟住在内陆都市并无不同。可是"中山大学"在西子湾的校园却海阔天空，日月无碍。文学院是红砖砌成的一座空心四方城，我的办公室在顶层的四楼，朝西的一整排长窗正对着台湾海峡，目光尽处只见一条渺渺的水平线，天和海就在那里交界，云和浪就在那里汇合了。那水平线常因气候而变化。在阴天，灰云沉沉地压在海上，波涛的颜色暗浊，更无反光，根本指不出天和水在哪里接缝。要等大晴的日子，空气彻彻透明，碧海与青山之间才会判然划出一道界线，又横又长，极尽抽象之美，令人相信柏拉图所说的"天行几何之道"（God always geometrizes）。其实水平线不过是海的轮廓，并没有那么一条线，要是你真去追逐，将永无接近的可能，更不要提捉到手了。可是别小觑了那一道欺眼的幻线，因为远方的来船全是它无中生有变出来的，而出海的船只，无论是轩昂的货柜巨轮，或是匍行波上的舴艋小艇，也一一被它拐去而消磨于无形。

水平线太玄了，令人迷惑；也太远了，不如近观拍岸的海潮。孟子不就说过吗，"观水有术，必观其澜"。世界上所有的江河都奔流入海，而所有的海潮都扑向岸来，不知究竟要向大地索讨些什么。对于观海的人，惊涛拍岸是水陆之间千古不休的一场激辩，岸说："到此为止了，你回去吧。"浪说："即使粉身碎骨，我还是要回来！"于是一排排一列列的浪头昂然向岸上卷来，起起落落，一面长鬣翻白，口沫飞溅，绝命的一撞之后，喷成了半天的水花，转眼就落回了海里，重新归队而开始再次的轮回。这过程又像是单调而重复，又像是变化无穷，总之有一点催眠，所以看海的眼睛都含着几分玄想。

西子湾的海潮，从旗津北端的防波堤一直到柴山脚下的那一堆石矶，浪花相接，有一里多长，十分壮观。起风的日子，汹涌的来势尤其可惊，满岸都是哗变的嚣嚣。外海的巨浪，捣打在防波堤上，碎沫飞花喷溅过堤来，像一株株旋生旋灭的水晶树，那是海神在放烟火吗？

7

西子湾的落日是海景的焦点。要观赏完整无缺的落日，必须有一条长而无阻的水平线，而且朝西。沙滩由南向北的西子湾，正好具备这条件。月有望朔，不能夜夜都见满月。但是只要天晴，一轮"满日"就会不偏不倚正对着我的西窗落下，从西斜到入海，整个壮烈的仪式都在我面前举行。先是白热的午日开始西斜，变成一只灿灿的金球，光威仍然不容人逼视，而海面迎日的方向，起伏的波涛已经摇晃着十里的碎金。这么一路西倾下来，到了仰角三十度的时候，金球就开始转红，火势大减，我们就可以定睛熟视了。那红，有时是橙红，有时是洋红，有时是赤红，要看天色而定。暮霭重时，那颓然的火球难施火焰，未及水面就渐渐褪色，变成一影迟滞的淡橙红色，再回顾时，竟已隐身幕后。若是海气上下澄明，水平线平直如切，酡红的落日就毫不含糊地直掉入海中，一寸接一寸被海的硬边切去。观者骇目而视，忽然，宇宙的大靶失去了红心。

我在沙田住了十一年，这样水循而逝的落日却未见过，因为沙田山重水复，我楼居朝西的方向有巍然的山影横空，根本看不见水上的落日。西子湾的落日像是为美满的晴天下一个结论，不但盖了一个赫赫红印，还用晚霞签了半边天的名。

半年后我们从市区的闹街迁来寿山，住进"中山大学"的学人宿舍。新居也在红砖楼房的四楼，书房朝着西南，窗外就是高雄港。我坐在窗内，举头便可见百码的坡下有街巷纵横，车辆来去。再出去便是高雄港的北端，可以眺览停泊港中的大小船舶，桅樯密举，锚链斜入水中。旗津长岛屏于港西，岛上的街沿着海岸从西北直伸东南，正与我的视线垂直而交，虽然远在两三里外，岛上的排楼和庙宇却历历可以指认。岛的外面，你看，就是渺渺的海峡了。

高雄之为海港，扼台湾海峡、巴士海峡和南海的要冲，吞吐量之大，也不必去翻统计数字，只要站在我四楼的阳台上，倚着白漆的栏杆，朝南一望就知道了。高雄港东纳爱河与前镇溪之水，西得长洲旗津之障，从旗津北头的第一港口到南尾的第二港口，波涵浪蓄，纵长在八公里以上。货柜进出此港，分量之重，已经居世界第四。从清晨到午夜，有时还更晚，万吨以上的货轮，扬着各种旗号，漆着各种颜色、各种文字的船名横排于舷身，不计其数，都在我阳台的栏杆外驶过。有时还有军舰，铁灰色的舷首有三位数的编号，横着炮管的侧影，扁长而彪悍，自然与众不同。不过都太远了，有时因为背光，或是雾霭低沉，加以空气污染的关系，无论是船形舰影，在茫茫的烟水里连魁梧的轮廓都浑沦了，更不说辨认船名。

甚至不必倚遍十二栏杆，甚至也无须抬头望远，只听水上传来的汽笛，此起彼落，间歇而作，就会意识到脚下那长港有多繁忙。而造船、拆船、修船、上货、卸货、领航、验关、缉私、走私……都绕着这无休无止的船来船去团团转。这水陆两个世界之间的港口自成一个天地，一方面忙乱而喧嚣，另一方面却又生气蓬勃，令码头上看海的人感到兴奋，因为一片咸水通向全世界的波涛，在这一片咸水里下锚的舳舻巨舟曾经泊过全球的名港。高雄，正是当代的扬州。

每当我灯下夜读，孤醒于这世界同鼾的梦外，念天上地下只剩我一人，只剩下自己一人了，不是被逐于世界之梦外，而是自放于无寐之境。那许多知己都何处去了呢？此刻，也都成了梦的俘虏，还是各守着一盏灯呢？忽然从下面的港口传来一声汽笛，接着是满港的回声，渐荡渐远，似乎终于要沉寂了，却又再鸣一声。据说这是因为常有渔船在港里非法捕鱼，需要鸣笛示警，但是夜读人在孤寂里听来，却感到倍加温暖，体会到世界之大，总还是有人陪他醒着，分担他自命的寂寞，体会到同样是醒着，有人是远从天涯，从风里浪里一路闯回来的，连夜读的遐思与玄想都不可能。我抬起头来，只见灯火零落的港上，桅灯通明，几排起重机的长臂斜斜举着，船艏和船舷的灯号掠过两岸灯光的背景，保持不变的距离稳稳地向前滑行，又是一艘货柜巨轮进港了。

以前在香港，广九铁路就在我山居的坡底蜿蜒而过，深宵写诗，万籁都遗我而去，却有北上的列车轮声铿然，鸣笛而去。听惯了之后，已成为火车汽笛的知音，觉得世界虽大，万物却仍然有情，不管是谁的安排，总感激长夜的孤苦中那一声有意无意的招呼与慰问。当时曾经担忧，将来回去台湾，不再有深宵火车的那一声晚安，该怎样排遣独醒的寂寞呢？没想到冥冥中另有安排：火车的长啸，换了货轮的低鸣。

造化无私而山水有情，生命里注定有海。失去了香港而得到了高雄，回头依然是岸，依然是一所叫中大的大学，依然是背山面海的楼居。走下了吐露港的那座柔灰色迷楼，到此岸，又上了西子湾这座砖砌的红楼，依然是临风望海，登楼作赋。看来我的海缘还未绝，水蓝的世界依然认我。所以我的窗也都朝西或西南偏向，正对着海峡，而落日的方向正是香港，晚霞的下方正是大陆。

一九八六年十月十三日

黄山诡异

徐霞客，华山夏水的第一知音，造化大观的头号密探，早就叹道："薄海内外无如徽之黄山，登黄山天下无山，观止矣！"他是最有资格讲这句绝话的，因为千岩万壑，寒暑不阻，他是一步步亲身丈量过来的，有时困于天时或地势，甚至是一踵踵、一趾趾，踉踉跄跄，颠颠踬踬，蹒跚探险而跋涉过来的。

黄山不但魁伟雄奇，而且繁复多变，前海深藏，后海瘦削，三十六峰之盛，不要说遍登了，就算大致周览而不错认，恐怕也不可能。既然如此，浅游者或为省时间，或限于体力而选择索道的捷径，也就情有可原了。何况索道有如天梯，再陡的斜坡也可以凌空而起，全无阻碍，再高傲的峰头也会为我们转过头来，再孤绝的绝顶也可以亲近，不但让我们左顾右盼，惊喜不断，而且凭虚御风，有羽化登仙的快意。骑鹤上扬州，有这么平稳流畅吗？古人游仙诗的幻境也不过如此了吧？

一切旅程，愈便捷的所见愈少。亲身拾级而上迂回而下的步行，体会当然最多也最深，正是巡礼膜拜最"踏实"的方式。所以清明节前一天，我们终于进入黄山风景区的后门，亦即所谓"西海"景区丹霞峰下。此地的海是指云海，正是黄山动态的一大特色。我们夫妻二人，浙大江弱水教授，弱水的朋友杨晨虎先生（此行全靠他亲驾自用的轿车），都是黄山管委会的客人，由程亚星女士陪同登山。

车停山下，我们在太平索道站上了缆车，坐满人后，车升景移，远近的峰峦依次向我们扭转过来，连天外的远峰，本来不屑理会我们的，竟也竞相来迎，从俯视到平视，终于落到脚底去了。万山的秩序，尊卑的地位，竟绕着渺小的我们重新调整。靠着缆索的牵引，我们变成了鸟或仙，用天眼下觑人寰。李白靠灵感招致的，我们靠力学办到了。

三点七公里的天梯，十分钟后就到丹霞站了。再下车时，气候变了，空气清畅而冷冽，骤降了十摄氏度。这才发现山上来了许多游客。午餐后我们住进了排云楼宾馆，准备多休息一会，在太阳西下时才去行山，也许能一赏晚霞。

山深峰峻，松影蟠蟠，天当然暗得较快。迎光的一面，山色犹历历映颊。背光的一面，山和树都失色了。真像杜甫所言："阴阳割昏晓。"折腾了一天，又山行了一两里路，是有些累了。回到排云楼，刚才喧嚷的旅客，不在山上过夜的，终于纷纷散去，把偌大一整列空山留给了我们。我们继承了茫茫九州最庄严的遗产，哪怕只是一夜。"空山松子落"，静态中至小的动态，反而更添静趣、禅趣。

真像歌德所言："在一切的绝顶。"万籁俱寂，只有我的脉搏，不甘吾生之须臾，还兀自在跳着。那么，河汉永恒的脉搏，不也在跳着吗？不逝者如斯乎，不舍昼夜。我悄悄起床，轻轻推门，避开路灯，举头一看，原来九霄无际的星斗，众目睽睽，眼神灼灼，也正在向我聚焦俯视。猝不及防，骤然与造化打一个照面，能算是天人合吗？我怎么承受得起，除了深深吸一大口气。太清、太虚仍然是透明的，碍眼的只是尘世的浊气。此福不甘独享，回房把我存叫起来读夜。

第二天四人起个大早，在程亚星的引导之下，准备把黄山——至少是后海的一隅半角——瞻仰个够。程亚星在黄山风景区管委会已经任职十七年，她的丈夫更是屡为黄山造像的摄影家，有她在一旁指点说明，我们（不包括弱水）对黄山的见识才能够免于过分肤浅。她把自己在一九九九年出版的一本文集《黄山情韵》送给了我，事后我不断翻阅，得益颇多。

导游黄山的任何小册子，都必会告诉游客，此中有四绝：奇松、怪石、云海、温泉。此行在山中未睹云海，也未访温泉，所见者只有黄山之静。尽管如此，所见也十分有限；但另一方面印象又十分深刻，不忍不记。

　　语云：看山忌平。不过如果山太不平，太不平凡了，却又难尽其妙。世上许多名山胜景，往往都在看台上设置铜牌，用箭头来标示景点的方向与距离，有时更附设可以调整的望远镜；在黄山上却未见这些——也许是不便，但更是优点。因为名峰已多达七十二座了，备图识山，将不胜其烦；设置太多，更会妨碍自然景色。黄山广达一百五十四平方公里，山径长七十公里①，石阶有六万多级，管理处的原则是尽量维持原貌，不让人工干扰神工。我去过英国西北部的湖区，也是如此。

　　黄山之富，仅其静态已难尽述，至于风起云涌，雪落冰封，就更变化万殊。就算只看静态，也要叹为观止。黄山的千岩万壑，虽然博大，却是立体的雕刻，用的是亿年的风霜冰雪，而非平面的壁画，一览可全。陡径攀登，不敢分心看山，就算站稳了看，也不能只是左顾右盼，还得瞻前顾后，甚至上下求索，到了荡胸决眦的地步。那么鬼斧神工的一件件超巨雕刻，怎能只求一面之缘呢？可是要绕行以观，却全无可能：真是人不如鸟，甚至不如猿猴。所以啊，尔等凡人，最多不过是矮子看戏，而且是站在后排，当然难窥项背，更不容见识真面目了。所以连嶂叠岭，岩上加岩，有的久仰大名，更多的是不

----

① 黄山山境南北长约40公里，东西宽约30公里，总占地面积约1200平方公里。——编者注

识、初识，就算都交给相机去备忘，也还是理不出什么头绪。山已如此，更别提松了。

　　我存拍了许多照片，但是很难对出山名来。这许多石中贵胄，地质世家，又像兄弟，又像表亲，将信将疑，实在难分。可以确定的，是从排云楼沿着丹霞峰腰向西去到排云亭，面对所谓"梦幻景区"，就可纵览"仙人晒靴"与"飞来石"。前者像一只倒立的方头短靴，放在一方方淡赭相叠的积木上，任午日久晒。后者状似瘦削的碑石，比萨斜塔般危倾在悬崖之上，但是从光明顶西眺，却变形为一只仙桃。此石高十二米，重三百六十五吨，传说女娲炼石补天，这是剩下的两块之一。它和基座的接触，仅似以趾点地，疑是天外飞来，但是主客的质地却又一致，所以存疑迄今。

　　从排云楼沿陡坡南下，再拾级攀向东北，始信峰嵯峨的青苍就赫然天际了，但可望而不可即，要跟土地公的引力抗拒好一阵，才走近一座像方尖塔而不规则的独立危岩。可惊的是就在塔尖上，无凭无据地竟长出一株古松来。黄山上蟠蜿的无数劲松，一般都是干短顶齐，虬枝横出，但这株塔顶奇松却枝柯耸举，独踞一峰。于是就名为"梦笔生花"。弱水免不了要我遥遥和它合影，我也就拔出胸口的笔做出和它相应的姿势，令弱水、晨虎、亚星都笑了。

到了始信峰，"石笋矼"和"十八罗汉朝南海"的簇簇锋芒，就都在望中了。所谓"十八罗汉"，也只是约数，不必落实指认，其中有的危岩瘦削得如针如刺，尤其衬着晴空，轮廓之奇诡简直无理可喻。上了黄山，我的心里十分矛盾：一方面是神仙吐纳的空气，芬多精的负离子是城市十多倍，松谷景区负离子之浓，可达每立方厘米五万到七万个，简直要令凡人脱胎换骨。加上山静如太古，更令人完全放松、放心。但另一方面，超凡入圣，得来何等不易，四周正有那么多奇松、怪石等你去恣赏，怎么能够老僧入定，不及时去巡礼膜拜呢？

奇松与怪石相依，构成黄山的静态。石而无松，就失之单调无趣；松而无石，就失去依靠。黄山之松，学名就称"黄山松"，为状枝干粗韧，叶色浓绿，树冠扁平，松针短硬。黄山多松，因为松根意志坚强，得寸进尺，能与顽石争地。原来黄山的花岗石中含钾，雷雨过后空中的氮气变成了氮盐，能被岩层和泥土吸收，进而渗入松根，松根不断分泌出有机酸，能融解岩石，更能分解岩中的矿物与盐分，为己所用。因此黄山松之根，当地人叫作"水风钻"，为了它像穿山甲一样，能寻隙攻坚，相克相生，把顽石化敌为友。所以八百米以上的绝壁陡坡，到处都迸出了松树，有的昂然挺立，有的回旋生姿，有的枝柯横出，有的匍匐而进，有的贴壁求存，更有的自崖缝中水平抽长，与削壁互成垂直，像一面绿旗。

这一切怪石磊磊，奇松盘盘，古来的文人高士，参拜之余，不知写了多少惊诧的诗篇，据说是超过了两万首，那就已将近全唐诗的半数了。我也是一位石奴松痴，每次遇见了超凡的石状松姿，都不免要恣意瞻仰，所以一入黄山就逸兴高举，徘徊难去。尤其是古松槎牙纠虬，就像风霜造就的书法，更令人观之不足。下面且就此行有缘一认的，略加记述。

凤凰松主干径三十厘米①，高龄两百载，有四股平整枝丫，状如凤凰展翅，十分祥瑞，其位置正当黄山的圆心，近于天海的海心亭。黑虎松正对着梦笔生花，雄踞在去始信峰的半途，望之黛绿成荫，虎威慑人，据说寿高已四百五十岁。连理松一根双干，几乎是平行共上，相对发枝，翠盖绸缪，宛如交臂共伞的情侣，弱水为我们摄了好几张。竖琴松的主干弯腰下探，枝柯斜曳俯伸，似乎等仙人或高士去拨弄，奏出满山低调的松涛。

送客松和迎客松在玉屏峰下，遥相对望，成了游客争摄的双焦点。送客松侧伸一枝，状如挥别远客的背影。迎客松

---

① 凤凰松位于黄山海心亭东百米处，干围155厘米，干径约为49厘米。
——编者注

立于玉屏楼南，东望峥峥的天都，位居前海通后海的要冲，简直像代表黄山之灵的一尊知客僧。古树高约十米，胸径六十四厘米，从一九八三年起派了专人守护。第十位守树人谢宏卫自一九九四年任职迄今，就住在此树附近的陋屋之中，每天都得细察枝丫、树皮、松针的状况，并注意有无病虫为害。严冬时期他更得及时扫雪敲冰，解其重负。他曾经一连四五年没回家过年——松而有知，恐怕要向他的家人道歉了。此树名满华夏，几已神化。

黄山之松，成名者少而无名者多，有名者多在道旁，无名者郁郁苍苍，或远在遥峰，可望而不可即，或高踞绝顶，拒人于险峻之上，总之，无论你如何博览遍寻，都只能自恨此身非仙，不能乘云逐一拜访。松之为树实在值得一拜：松针簇天，松果满地，松香若有若无，松涛隐隐在耳，而最能满足观松癖者的美感的，仍是松干发为松枝的蟠蜿之势，回旋之姿，加上松针的苍翠成荫，简直是墨沈淋漓的大手笔书法，令人目随笔转，气走胸臆。

二〇一一年八月

认真做个异国旅人

丛丛簇簇

宛若光蕊

金黄灯火中的

布拉格……

重访西敏寺

七月二十五日与我存从巴黎搭火车去布隆，再坐渡船过英吉利海峡，在福克斯东通（Folkestone）登岸，上了英国火车，驶去伦敦。在伦敦三天，一直斜风细雨，阴冷如同深秋，始终无缘去访西敏古寺。后来我们就租了一辆飞雅红车，逸兴遄飞，一路开去苏格兰，在彭斯的余韵和司各特的遗风里，看不完古寺残堡，临湖自镜。等到爱丁堡游罢南回，才专程去西敏寺探访满寺的古魂。在我，这已是重访。就我存而言，这却是初游。

从西门一踏进西敏寺，空间只跨了几步，时间，却迈过几百年了。欧洲的名寺例皆苍古阴暗，历史的长影重重叠叠，压在游人的心上，西敏寺尤其如此。对我说来，西敏寺简直就是一座充满回声的博物馆，而诗人之隅简直就是大理石刻成的英国文学史。

西敏寺不及圣保罗大教堂高大，但在英国史上却享有特殊崇高的地位，因为九百年来它一直是皇室大典的场所。公元一〇六六年，诺曼底公爵在英国南岸的海斯丁斯打败了海洛德，进军伦敦，并于该年的圣诞节在甫告建成的西敏寺举行加冕典礼，以异族征服者的身份成为英国的君主。从此，英王的加冕典礼，除爱德华五世及爱德华八世之外，一律在此举行。

英王的登基大典分成四个阶段。第一阶段是序幕，首先是新君入寺，由大主教导至典礼观众之前，并问观众是否同意进行典礼。观众表示同意，是为正式承认新君之统治权。继由新君宣誓，保证今后治国，必将尊重人民所定的法律，并且维护英格兰与苏格兰的革新教会。再由大主教呈上《圣经》，作为一切智慧与法律之根据。第二阶段是给新君敷上圣油，送上加冕椅。第三阶段是授予新君王袍与权杖。第四阶段是新君登台就位，在王座之上接受观礼者的致敬。观礼者分为三种身份：依次为灵职（Lords Spiritual，指大主教与主教）、俗职（Lords Temporal，指公侯伯子男等贵族）和人民的代表。典礼的程序九百年来大同小异，变化很少。

西敏寺吸引游人的另一传统，是英国历来的君王与皇后均在此安葬，游客只要买票，就可鱼贯而入纵堂（nave），参观伊丽莎白一世及维多利亚的石墓，发其怀古之遐思。凡能看的我也都随众看了，但是最令我低回而不忍去的，是其横堂（transept）之南廊，也正是举世闻名的诗人之隅（Poets' Corner）。九年前我曾经来此心香顶礼，冥坐沉思，写了一篇长文《不朽，是一堆顽石？》。此番重游，白发徒增，对诗人身后的归宿，有更深长的感触。

西敏寺之南廊虽为诗人立碑立像，供后人之瞻仰徘徊，却非文学史之定论。诗人在此，或实有坟墓，或虚具碑像，情况不一。碑也分为两种：一种是地碑，嵌在地上，成为地板；一种是壁碑，刻在墙上。也不知道为什么，雪莱和济慈仅具壁碑，面积不大，且无雕像。旁边却有沙赛（Robert Southey）的半身石像，也许沙赛做过桂冠诗人之故：我相信雪莱看见了一定会不高兴。拜伦仅有一方地碑，却得来不易。他生前言行放浪，而且鄙薄英国的贵族与教会，所以死后百多年间，一直被摈于西敏寺外，沦为英国文苑的野鬼游魂。（我相信拜伦也不在乎，更无意与华兹华斯终古为伍。）索瓦生所雕的拜伦像，便是因为西敏寺不肯接受，才供在他母校剑桥三一学院的图书馆里。直到一九六九年，英国诗社才得以大理白石一方，铺地为碑，来纪念这位名满全欧的迟归浪子。

拜伦的地碑旁还有许多地碑，拜伦之石在其左上角。与拜伦同一横排而在其右者，依次为狄兰·托马斯、乔治·艾略特、奥登。下一排由左到右为路易斯·卡罗尔、亨利·詹姆斯、霍普金斯、梅斯菲尔德。最低一排又依次为T.S.艾略特、丁尼生、勃朗宁。最引人注目的是新客狄兰·托马斯，碑上刻着诗人生于一九一四年十月二十七日，卒于一九五三年十一月九日，下面是他的名句："我在时间的掌中，青嫩而垂死——却带链而歌唱，犹如海波。"这两句诗可以印证诗人的夭亡而不朽，选得真好。

诗人之隅局于南廊，几乎到了碑相接像触肘的程度，有鬼满之感。说此地是供奉诗人的圣坛，并不恰当，因为石府的户籍颇为凌乱。首先，次要人物如坎贝尔（Thomas Campbell）竟有全身立像，像座堂皇，碑文颇长，而大诗人如蒲柏及约翰·多恩，却不见踪影。其次，本国重要诗人不供，却供了两位外国诗人——美国的朗费罗与澳洲的戈登。最后，诗人之隅并不限于诗人，也供有狄更斯、韩德尔等小说家与作曲家，甚至还有政治人物。起拜伦于地下（他的地碑之下？）而问之，问他对诗人之隅的左邻右舍有何感想，敢说他的答复一定语惊四座，令寺中的高僧掩耳不及，寺外的王尔德笑出声来。

一九八五年八月二十五日

伊瓜苏拜瀑记

1

巴西航空公司双十字标记的班机终于穿透了大西洋岸的阴霾，进入巴拉那州（Parana）亮蓝的晴空。里约热内卢早落在一千公里外，连库里蒂巴（Curitiba）也抛在背后了。九点刚过，我们在蓝天绿地之间向西飞行，平稳之中难抑期待的兴奋。现在飞行高度降了许多，只有几千英尺了，下面的针叶森林无穷无尽，一张翠绿的魔毯，覆盖着巴西南部的巴拉那高原。但大地毕竟太广阔了，那绿毯渐渐盖不周全，便偶然露出几片土红色来对照鲜丽。定睛看时，那异色有时长方而稳固，显然是田土，有时却又蜒蜒蜿蜿像在蠕动，令人吃惊，竟是流水了。想必那下面就是伊瓜苏河为了巴拉那河的召唤正滔滔西去。河床显然崎岖而曲折，因此湍急的红水在我的左窗下往往出而覆没，断续无常。

天恩从我肩后也窥见了几段，兴奋了起来。出现在右窗的时候，镜禧和茵西为了追寻，索性站了起来。只恨机窗太窄，镜禧带来的十倍望远镜，无地用武。那有名的大瀑布，始终没有寻着。

飞机毕竟快过流水，十点左右，我们降落在伊瓜苏河口市（Foz do Iguacu），也就是伊瓜苏河汇入巴拉那河之处。导游奇哥如约在机场迎接我们，把我们的旅馆安排好了，径就驾车载四人去大瀑布。车向东南疾驶，很快就进入伊瓜苏国家公园，十八公里之后，在伊瓜苏河东岸的观瀑旅馆前停了下来。回头看时，树荫疏处，一排瀑布正自对岸的悬崖上沛然泻下。

2

猝不及防，一整排洪瀑从六七百公尺外的悬崖，无端地嚣嚣冲下。才到半途，又被突出的岩棚一挡一推，再挤落一次，水势更加骚然，猛注在崖下的河道里，激起了翻白的浪花，茫茫的水汽。两层落水加起来，那一排巨瀑该有十六七层楼那么高，却因好几十股平行地密密坠落，宽阔的宏观反而盖过了高悬的感觉。若是居高临下，当可横览全景，但是河中隔着林深叶密的圣马丁岛，近处又有岸树掩映，实在无法一目了然。

"别想一览无遗，"向导奇哥说，"这瀑布大得不得了，从魔鬼的咽喉（La Garganta del Diablo）到这一端的汗毛瀑，排成了两个不规则的马蹄形，全宽接近两英里。我是没有数过，据说一共是两百七十五条瀑布……"

"那么密，怎么数呢？"茵西说。

"我看是不到一百条吧？"镜禧放下他的大型望远镜。

"什么话？"奇哥有点不耐烦了，"你们还没开始呢，里面还深得很，每转一个弯就发现一排。跟我来吧。"

我们跟着奇哥，沿着河边石砌的步道，拂着树影，逆着水声，一路向上游走去。十一月底，在这南半球的低纬，却正是初夏天气。近午时分，又是晴日，只穿单衣就够了。二十三四摄氏度的光景，因为就在泽国水乡，走在艳阳下，不觉得闷热，立在树荫里也不觉得太凉。奇哥一面在前带路，一面为我们指点风景：

"伊瓜苏（Iguacu）的意思就是'大水'：依，是水；瓜苏，是大——"

"咦，水不是阿瓜（agua）吗？"我纳罕道，"西班牙文跟葡萄牙文都是一样的呀！"

"不是的，'伊瓜苏'不是欧洲话，而是巴西南部和巴拉圭一带的土语。这里的土人叫瓜拉尼（Guaran），是南美印第安人的一族——"

"管它是哪里的话，无非是瓜里瓜拉。"天恩忍不住说。

"对呀！"我附和道，"巴拉圭，乌拉圭，危地马拉，尼加拉瓜，巴拿马，马那瓜——"

茵西笑了起来。奇哥却一正色说："这条伊瓜苏河也是一条国界，看，对岸就是阿根廷了。那一边也是阿根廷的国家公园，明天我们还会去对岸看瀑布。两百多条呢，大半都在对岸，所以看瀑布最好在巴西，探瀑布，却应该去阿根廷。"

"正像近探尼亚加拉大瀑布，要在美国，"我说，"远观呢，却要去加拿大对岸。"

奇哥点点头说："可是有一点不同：美国人和加拿大人都叫它作Niagara Falls。这伊瓜苏瀑布，巴西人叫作Saltos do Iguacu，阿根廷人却叫Cataratas del Iguazú。"

天恩十分欣赏西班牙文的音调，不禁铿锵其词："Las Cataratas！真是传神，比英文的Cataracts气派多了。"

尽管这么说笑，大家的耳目并没闲着，远从一千四百公里外飞来，原为看一条大瀑布，却没有准备看到这么多条，这么多股，这么多排，这么多分而复合、合而再分的变化与层次：有的飞溅着清白；有的夹带着赤土；有的孤注一掷；有的联袂而降；有的崖顶不平，只好分泻而下；有的崖下有崖，只好一纵再纵；更有的因为高崖平阔，一泻无阻，于是数十股合成一大片，排空而落，像一幅飘然的落地大窗帷，至于旁支散股，在暗赭的乱石之间蜿蜒着纤秀的白纹，更不胜数。最奇特的是伊瓜苏河夹其红土，一路曲折地回流到此，河面拓得十分平阔，忽然河床的地层下陷，塌成了两层断崖，每一层都形成两个巨弧，每一秒钟，至少有六万两千立方英尺的洪湍顿失凭依，无端地被推挤下去，惊瀑骇潮撞碎在崖下，浪花飞溅，蒸腾起白茫茫的雨雾。那失足的洪湍在一堆堆深棕色的玄武岩石阵中向前汹涌，争先恐后，奔成了一片急滩，不久就到了第二层断崖，什么都不能保留了，只有全都豁出去，泼出去，奋身一跃，再劫之后，脱胎换骨，修成了下游。就这么，一条河的生命突然临难，化成了两百多条，在粉身碎骨间各找出路，然后在深长的峡谷里，盘涡回流，红浆翻滚着白浪，汇成了一道新河。

也就这么，我们不但左顾右盼，纵览一条河如何化整为零，横越绝境的惊险戏剧，还要俯眺谷底，看断而再续的下游如何收拾乱流，重整散股再出发的声势。而远远近近的骚响，那许多波唇水舌，被绝壁和深谷反弹过来，混沌难分，成了催眠的摇撼。

我们沿着河边的石径向瀑布的南端走去，遇有突出的看台，便登台看个究竟。但限于地形，蔽于树荫，要尽窥全景绝无可能，圣马丁岛已落在右后方，渐渐接近南端的"魔鬼的咽喉"了。奇哥指着断谷的尽头说：

"那就是魔鬼的咽喉了。"

但见水汽沸沸滚滚，不断地向上升腾，变化多端的气柱有五十层楼那么高。可以想见崖脚下面的急湍泻瀑，颠倒弹跳，搅捣成怎样的乱局。那该是怒水跟顽石互不相让，乃掀起最剧烈的争辩，想必是激动极了，美得多么阳刚。可惜只见气氛，见不到表情了。如果那断崖的尽头是魔鬼在张喉吐咒，口沫溅洒，则下面这满涧的红涛黄浆，翻滚不尽，正是巨魔在漱口。

半天不见镜禧跟上来，回头找时，原来他正用望远镜在扫描天空。顺着他的方向仰视，只见三两兀鹰在高处盘旋。

"你在看老鹰啊？"茵西问他。

"简直有几百只。"镜禧说。

"哪来几百只呢？"天恩不解。

"好像是燕子。"镜禧像在自言自语。

大家再仰面寻时，衬着艳晴的蓝空，果然有一群鸟在互相飞逐，那俏俏飘忽的黑影，真像燕尾在剪风。

"也许是燕子啊！"茵西说。

"是燕子。"奇哥回过头来，肯定大家的猜想。

"一览不尽的大瀑布，"我说，"加上满天的燕子，还有这满山的竹子，怪不得张大千要住在巴西了。"

水声更近，已经闻得到潮润的水汽。再一转弯，竟到了断弧窄崖的边上，已无石径可通。弯弯的一大排瀑布如弓，我们惊立在张紧的弦上，望呆了。灌耳撼颊的泼溅声中，只见对岸的众瀑赫然拦在右面，此岸的排瀑更逼在额前，简直就破空而坠，千古流畅的雄辩滔滔，飞沫如雨，兜头兜脸，向我们漫天洒来。宛如梦游，我们往坡下走去，靠在看台的木栏上，仰承着那半空的奔湍出神，恍若大地正摇摇欲沉，而相对于急瀑的争落，又幻觉水帘偶见疏处，后面的玄武褐岩似乎在上升。睁大了眼睛，竖直了耳朵，我们却被水声和水势催眠了。

"你看燕子！"茵西一声惊喜。

几只燕子掠过河面飞来，才一旋身，竟向密瀑的疏隙扑去，一眨眼就进去了。轻巧的黑影越过整幅白花花的洪流，一闪而逝，简直像短打紧扎、高来高去的飞侠。

"燕子窝一定在崖缝里了。"镜禧赞叹。

"有这么大的瀑布守洞，"天恩说，"还怕谁会进去呢？"

一家卖纪念品的小店蜷缩在瀑布脚边，像一枚贝壳。大家钻进壳去，买了几张照片，然后乘店旁的玻璃电梯，攀升到崖顶，回到上面的平地。回头再望时，刚才那一整排洪湍轰轰，竟已落到脚下，露出崖后高旷的台地，急流汹汹，正压挤而来，做前仆之后继。但是更远处，伊瓜苏河的水面却平静漫汗，甚至涟漪不惊，全然若无其事。

3

当天晚上，回到河口市的旅馆，疲倦而兴奋。那么多的经历与感想，虽已匆匆吞下，一时却难消化。不理南半球的夏夜有多少陌生的星座在窗外诱惑，我靠在床头，把带去的地图和导游手册之类细读了一遍，有关这伊瓜苏大瀑布的身世，特别注意到以下几点：

伊瓜苏河从大西洋岸的山区倒向内陆西流，源头海拔逾九百米，但汇入巴拉那河的河口时，海拔已不到一百米，落差不小。地势最悬殊的一段，正在大瀑布处，整条河在宽阔而曲折的断崖边上毅然一跃，就落进六十多米下的峡谷里去了。纯以高度衡量，伊瓜苏比起世界最高的天使瀑布（Angel Falls Venezuela）一落九百八十米来，当然不算高。但是瀑布有一个原理，就是高则不旺，旺则不高。天使高而不旺，属于高山瀑一型。伊瓜苏旺而不高，乃是高原瀑布，跟美国的尼亚加拉同为一型。

但是瀑布的大小不仅要看高度，更应计较水量，也就是每秒的流量，通常是算立方英尺。若从流量比较，伊瓜苏瀑布每秒是六万二千立方英尺，尼亚加拉瀑布的马蹄铁瀑是每秒五万至十万立方英尺，而其美国瀑则为每秒二万立方英尺。上游涨水时，马蹄铁瀑可以暴增到每秒二三十万立方英尺，伊瓜苏则多达四十五万立方英尺。至于宽度，尼亚加拉的双瀑加起来才三千五百英尺，伊瓜苏却宽达一万三千英尺；而高度呢？伊瓜苏的二百六十九英尺也超过尼亚加拉的一百六十七英尺许多。

惊人的是，这么壮阔而丰盛的伊瓜苏，即使在巴西一国之内，也不算独步。除了千崖齐挂的这一片"洪水"，和它湍势争雄的大瀑布，至少还有四处。其中瓜伊拉（Guaíra or Salto das Sete Quedas）亦称"七层瀑"，就在这条巴拉那河上溯两百公里处，不但高度三百七十五英尺，而且宽达一万五千九百英尺，流量每秒四十五万立方英尺，泛洪的尖峰甚至每秒倾泻一百七十五万立方英尺之旺，真是众瀑之尊了。

但是这一切的神奇宏伟之中，有一件事却令我掩卷怅怅，不能自遣。因为这惊天动地的壮观，无论声色如何俱厉，正如其上映漾的一弧水虹，并非不朽。放在地质学的年代里，一条瀑布的生命何其短暂。姑且不论尼亚加拉了，只因冰层自中纬消退，它的诞生不过是一万二千年前的事情。即连非洲和南美的浩浩巨瀑，尽管已流了二百五十多万年了，最后仍会消磨于时光，被自己毁掉。只因瀑布的一生是一场慢性的自杀，究竟多慢呢？或是多快，要取决于它的高度、流量、岩质。

　　无论瀑布有多博大，当其沛然下注，深锥的威力刚强如一把水钻，何况它是日夜不断在施工。下坠之水，加速度是每秒三十二英尺。若是崖高七十五米，则二秒之后到底，速度是每小时一百四十公里，等于德国车在乌托邦（Autobahn）撒野的冲劲。于是高崖陡坡蚀尽而瀑布移向上游，或下移而切成了斜角。一切江河的性情，都喜欢把突兀磨平，凡碍事的终将被浪涛淘尽。像瀑布这样嚣张唐突的地理，当然不能长久忍受，所以一切瀑布的下场，都是放低姿态，驯成了匍匐的急滩。

4

　　第二天早晨，向导奇哥开车带我们去对岸。在过境的长桥上我们停车看河。伊瓜苏的这一段河身距上游的瀑布已有十六七公里，桥面虽高，也远望不到。回过头来，顺着土红色的河水西眺下游，却隐隐可见伊瓜苏汇入巴拉那，一线青青等在天际，真有泾渭分明的景观。

　　过桥便是阿根廷了，边境的哨兵全不查验。我们南行转东，不久便入了阿境的国家公园，树密车稀，可以快驶。不到半小时就抵达大瀑布的西端，水声隐隐，已经在森林的背后唤我们了。果实累累而叶大如扇的一棵不知名的树下，一条通幽的下坡曲径，路牌上写着Paseo Inferior（下游步道），把我们一路引到瀑布的崖边。

石径的尽头便是狭窄的木桥，两边都有栏杆。喧嚣的水声中，我们像走钢索的人走过一座又一座木桥，一边是一落数百尺的洪湍，暴雨一般地冲泻而下，另一边是上游的河流，远处还似乎平静，愈近崖顶就愈见波动，成了潺潺的急滩。

"我们的运气真好，"奇哥说，"这一带的雨季是十一月到三月。现在都已经十一月底了，早已进入雨季。正巧这两天又放晴，所以水势大了，瀑布更加壮观，而又没有下雨，便于观看。"

"不过雨衣跟帽子还是用得着的，"我说，"等下走到瀑布下面，就知道了。"

"上游下雨，"奇哥又说，"瀑布就会大六七倍。所以在照片里看，同一条瀑布就有胖有瘦。你看下面这一双瀑布，因为有两层悬崖，所以一落再落，第一层还是平行的，到了第二层就流成一股，不，一整片了。它们的名字叫Adan y Eva（亚当、夏娃），旱季就分成两股——"

"真有意思。"茵西笑了起来。

凭栏俯瞰，近在五六尺外，元气淋漓的亚当与夏娃拥抱成一股剧动的连体，绸缪着，喘息着，翻翻滚滚，从看台依靠的崖顶直跳下去。两层悬崖有如两截踏梯，洪湍撞落在下面的崖台上，已激起浪花飞溅，从第二崖再落到谷底的深潭，更是变本加厉，不但千涡万沫，回旋翻滚，抑且水汽成雾，冉冉不绝，休想看清那一团乱局里有多少石堆岩阵。千斛万斛的滂沱，高崖和峻坡漱不尽吐不竭的迅澜急濑，澎澎湃湃，就从我一伸脚能触及的近处，毫无保留地一泻而去。"逝者如斯夫！不舍昼夜！"岂止是不舍昼夜，简直是不分春秋，无今无古。我望着滔滔的逝水，千变万化而又似恒常，白波起伏里夹着翻滚的土红与泥黄，恍若碎水晶里转动着玛瑙的熔浆，那么不计升斗，成吨成吨地往下泼，究竟是富足还是浪费呢？

"你在构思诗句吗？"天恩对着我快门一按。

"我在想，这么慷慨的水量，唉，一滴都洒不到祈雨者的眼里，溅不到沙漠的旱灾，东非的干田。"

"这已经有点像诗句了，"镜禧笑笑，放下望远镜，"这景色太神奇了，下次来游，一定要把家人也带来——"

"下次吗？那可不容易啊，"茵西一叹说，"三十一小时的长途飞行还不够，得再加三个小时才来得到这里。"

"假使把孩子带来了，"我转头对镜禧说，"不妨对他说，你看这河水，上游就是公公婆婆，下游就是你，而在中间承先启后、辛苦奋斗的——就是爸爸。"

大家都笑了起来，镜禧更拍手称善。

奇哥说："我们往下走吧。"

大家跟着他，一路曲折往谷底走去，爬下石级，沿着木桥，直到亚当夏娃瀑布的下面。再仰望时，垂天的白练破空而降，带来满峡的风雨，斜斜洒在我们的脸上，不一会儿，衣帽都微湿了。那风，根本无中生有，是白练飘扑所牵起，而雨，就是密密的飞沫所织成。天恩脱下外套，举在头顶当伞，半遮着我。茵西按住自己的帽子，似乎怕风吹走。水声放肆地嘲笑着我们，喧闹之中，大家的惊呼和戏语都被压低、搅碎了。相觑茫茫，彼此的脸都罩在薄薄的水雾里。

沿着峡谷更往下走，终于到了渡头。国家公园的救生员，佩戴有"伊瓜苏丛林探险队"的臂章，为我们穿上鲜明的橘色救生衣。一套上这行头，触目惊心，大家笑得兴奋而紧张，上了小汽艇，都正襟危坐，一面牢牢拉住舷索。

汽艇开动了，沿着圣马丁岛向西驶去。水上望瀑，纵目无蔽，只见整条河流从天而降，翻白滚赤的洪流嚣嚣，从三面的危崖绝壁倒挂下来，搅得满峡的浊浪起伏，我们随船俯仰，幻觉是跨在一匹不驯的怪兽背上。再往前靠近峡岸，就险险要逼近众瀑的脚底，水势旋而又急，滚成了一锅白热的开水。船夫放慢了速度，让船逡巡在危急的边缘。

　　不久他掉转船头，顺流而下，绕过圣马丁岛耸翠的密林，然后溯着另一边更长的峡江，逆流而上。不顾暴洪的恐吓，倔强的船头一意孤行，拨开汹涌鼓噪而来的浪头与潮头，起起伏伏、摇摇摆摆地冲向魔鬼的咽喉，两岸的崖壁在我们的左舷和右舷忽升忽落。造物正把我们当作骰子，在碗里扔来掷去。"四山眩转风掠耳，但见流沫生千涡。"颠倒惊惶之际，宋人的句子忽来心上，要是《百步洪》的作者苏髯公此刻在船上有多好。李白要同来有多好。这不是一条瀑布，而是两百多条，排成了瀑布的高峰会议，围坐着洪湍急濑的望族世家。若是他也来了，真要拿这样的气象考他一考。不恨古人吾不见，恨古人不见吾险耳。徐霞客若是来了，怕真要发癫狂叫。正想着这些，船底忽然磋磨有声。

　　"不会是触礁吧？"天恩紧张地问。

　　"不会吧。"我姑妄答之，又像在问自己。

　　"古希腊神话里的英雄应该经历过这样的场面。"天恩忽然说。

　　"This is Homeric！"我仰对三剑客瀑布大呼。

　　满峡的喧嚷声中，这句掉书袋的妄言似乎也不很唐突。

　　小船在中流与波浪周旋了一阵，蓦地加足马力，向魔鬼漱瀑的咽喉疾冲而去。满江的浪头都被触怒了，纷纷抬起头来顶撞我们。三分钟后，那雾气蒸腾、真相不明的魔喉准会将我们吞进去，漱成几茎水草。幸好船头在撞到左岸的一堆乱岩前，及时刹住，引来众瀑的哄然大笑。

回到渡口，四人都有劫后的余悸。我回头望望舵旁的老船夫，如释重负地对三人说：

"幸好他不像摆渡忘川的凯伦（Charon）。"

天恩笑笑说："我倒是想到《古舟子咏》的，只是在船上不敢说。"

镜禧取下颈上的相机，像取下一只信天翁，并拭去镜头溅上的水珠。茵西也脱去湿了的救生衣。千岩竞秀，万壑争流，滔滔的伊瓜苏仍然在四面豪笑，长啸，吼哮，哪里把我们放在眼里。

桥跨黄金城

一 长桥古堡

一行六人终于上得桥来。迎接我们的是两旁对立的灯柱，一盏盏古典的玻璃灯罩举着暖目的金黄。刮面是水寒的河风，一面还欺凌着我的两肘和膝盖。所幸两排金黄的桥灯，不但暖目，更加温心，正好为夜行人祛寒。水声潺潺盈耳，桥下，想必是"魔涛河"[①]了。三十多年前，独客美国，常在冬天下午听斯美塔纳的《伏尔塔瓦河》，和德沃夏克的《新世界交响曲》，绝未想到，有一天竟会踏上他们的故乡，把他们洪美的音波还原成这桥下的水波。靠在厚实的石栏上，可以俯见桥墩旁的木架上，一排排都是栖定的白鸥，虽然夜深风寒，却不见瑟缩之态。远处的河面倒漾着岸上的灯光，一律是安慰的熟铜烂金，温柔之中带着神秘，像什么童话的插图。

桥真是奇妙的东西。它架在两岸，原为过渡而设，但是人上了桥，却不急于赶赴对岸，反而耽赏风景起来。原来是道

[①] 即伏尔塔瓦河，德语为Moldau，因此有中译音译为"魔涛河"。——编者注

路，却变成了看台，不但可以仰天俯水，纵览两岸，还可以看看停停，从容漫步。爱桥的人没有一个不恨其短的，最好是永远走不到头，让重吨的魁梧把你凌空托在波上，背后的岸追不到你，前面的岸也捉你不着。于是你超然世外，不为物拘，简直是以桥为鞍，骑在一匹河的背上。河乃时间之隐喻，不舍昼夜，又为逝者之别名。然而逝去的是水，不是河。自其变者而观之，河乃时间；自其不变者而观之，河又似乎永恒。桥上人观之不厌的，也许就是这逝而犹在、常而恒迁的生命。而桥，两头抓住逃不走的岸，中间放走抓不住的河，这件事的意义，形而上的可供玄学家去苦思，形而下的不妨任诗人来歌咏。

但此刻我却不能在桥上从容觅句，因为已经夜深，十一月初的气候，在中欧这内陆国家，昼夜的温差颇大。在呢大衣里面，我只穿了一套厚西装，却无毛衣。此刻，桥上的气温该只有六七摄氏度上下吧。当然不是无知，竟然穿得这么单薄就来桥上，而是因为刚去对岸山上的布拉格城堡，参加国际笔会的欢迎酒会，恐怕户内太暖，不敢穿得太多。

想到这里，不禁回顾对岸。高近百尺的桥尾堡，一座雄赳赳哥特式的四方塔楼，顶着黑压压的楔状塔尖，晕黄的灯光向上仰照，在夜色中矗然赫然有若巨灵。其后的簇簇尖塔探头探脑，都挤着要窥看我们，只恨这桥尾堡太近太高了，项背所阻，谁也出不了头。但更远更高处，晶莹天际，已经露出了一角布拉格城堡。

"快来这边看！"茵西在前面喊我们。

大家转过身去，赶向桥心。茵西正在那边等我们。她的目光兴奋，正越过我们头顶，眺向远方，更伸臂向空指点。我们赶到她身边，再度回顾，顿然，全愕呆了。

刚才的桥尾堡矮了下去。在它的后面，不，上面，越过西岸所有的屋顶、塔顶、树顶，堂堂崛起布拉格城堡嵯峨的幻象，那君临全城不可一世的气势、气派、气概，并不全在巍然而高，更在其千窗排比、横行不断、一气呵成的逦然而长。不知有几万烛光的脚灯反照宫墙，只觉连延的白壁上笼着一层虚幻的蛋壳青，显得分外晶莹惑眼，就这么展开了几近一公里的长梦。奇迹之上更奇迹，堡中的广场上更升起圣维塔大教堂，一簇峻塔锋芒毕露，凌乎这一切壮丽之上，刺进波希米亚高寒的夜空。

那一簇高高低低的塔楼，头角峥嵘，轮廓矍铄，把圣徒信徒的祷告举向天际，是布拉格所有眼睛仰望的焦点。那下面埋的是查理四世，藏的是六百年前波希米亚君王的皇冠和权杖。所谓布拉格城堡（Prâzský hrad）并非一座单纯的城堡，而是一组美不胜收目不暇接的建筑，盘盘囷囷，历六世纪而告完成，其中至少有六座宫殿、四座塔楼、五座教堂，还有一座画廊。

刚才的酒会就在堡的西北端一间豪华的西班牙厅（Spanish Hall）举行。惯于天花板低压头顶的现代人，在高如三楼的空厅上俯仰睥睨，真是"敞快"。复瓣密蕊的大吊灯已经灿人眉睫，再经四面的壁镜交相反映，更显富丽堂皇。原定十一点才散，但过了九点，微醺的我们已经不耐这样的摩肩接踵，胡乱掠食，便提前出走。

一踏进宽如广场的第二庭院，夜色逼人之中觉得还有样东西在压迫夜色，令人不安。原来是有两尊巨灵在宫楼的背后，正眈眈俯窥着我们。惊疑之下，六人穿过幽暗的走廊，来到第三庭院。尚未定下神来，逼人颧额的双塔早蔽天塞地挡在前面，不，上面；绝壁拔升的气势，所有的线条、所有的锐角都飞腾向上，把我们的目光一直带到塔顶，但是那嶙峋的斜坡太陡了，无可托趾，而仰瞥的角度也太高了，怎堪久留，所以冒险攀缘的目光立刻又失足滑落，直跌下来。

这圣维塔大教堂起建于一三四四年[①]，朝西这边的新哥特式双塔却是十九世纪末所筑，高八十二公尺[②]，门顶的八瓣玫瑰大窗直径为十点四公尺，彩色玻璃绘的是《创世记》。凡此都是后来才得知的，当时大家辛苦攀望，昏昏的夜空中只见这双塔肃立争高，被脚灯从下照明，宛若梦游所见，当然不遑辨

① 圣维塔大教堂始建于929年。——编者注
② 1公尺等于1米，即82米。——编者注

认玫瑰窗的主题。

茵西领着我们，在布拉格城堡深宫巨寺交错重叠的光影之间一路向东，摸索出路。她兼擅德文与俄文，两者均为布拉格的征服者所使用，她说，对布拉格人说德文，比较不惹反感。所以她领着我们问路、点菜，都用德文。其实捷克语文出于斯拉夫系，为其西支，与俄文接近。以"茶"一字为例，欧洲各国皆用中文的发音，捷克文说ćaj，和俄文cháy一样，是学汉语。德文说Tee，却和英文一样了，是学闽南语。

在暖黄的街灯指引下，我们沿着灰紫色砖砌的坡道，一路走向这城堡的后门。布拉格有一百二十多万人口，但显然都不在这里。寒寂无风的空气中，只有六人的笑语和足音，在迤逦的荒巷里隐隐回荡。巷长而斜，整洁而又干净，偶尔有车驶过，轮胎在砖道上磨出细密而急聚的声响，恍若阵雨由远而近，复归于远，听来很有情韵。

终于我们走出了城堡，回顾堡门，两侧各有一名卫兵站岗。想起卡夫卡的K欲进入一神秘的古堡而不得其门，我们从一座深堡中却得其门而出，也许是象征布拉格真的自由了：现在是开明的总统，也是杰出的戏剧家，哈维尔（Václav Havel，1936—）[1]，坐在这布拉格城堡里办公。

---

[1] 瓦茨拉夫·哈维尔于1936年出生，于2011年去世。——编者注

堡门右侧，地势突出成悬崖，上有看台，还围着一段残留的古堞。凭堞远眺，越过万户起伏的屋顶和静静北流的魔涛河，东岸的灯火尽在眼底。夜色迷离，第一次俯瞰这陌生的名城，自然难有指认的惊喜，但满城金黄的灯火，<u>丛丛簇簇</u>，宛若光蕊，那一盘温柔而神秘的金辉，令人目暖而神驰，尽管陌生，却感其似曾相识，直疑是梦境。也难怪布拉格叫作黄金城。

而在这一片高低迤逦、远近交错的灯网之中，有一排金黄色分外显赫，互相呼应着凌水而渡，正在我们东南。那应该是——啊，有名的查理大桥了。茵西欣然点头，笑说：正是。

于是我们振奋精神，重举倦足，在土黄的宫墙外，沿着织成图案的古老石阶，步下山去。

而现在，我们竟然立在桥心，回顾刚才摸索而出的古寺深宫，忽已矗现在彼岸，变成了幻异蛊人的空中楼阁、梦中城堡。真的，我们是从那里面出来的吗？这庄周式的疑问，即使问桥下北逝的流水，这千年古都的见证人，除了不置可否的潺潺之外，恐怕什么也问不出来。

二　查理大桥

过了两天，我们又去那座着魔的查理大桥（Charles Bridge，捷克文为Karlov most）。魔涛河（Moldau，捷克文为Vltava）上架桥十二，只有这条查理大桥不能通车，只可徒步，难怪行人都喜欢由此过桥。说是过桥，其实是游桥。因为桥上不但可以俯观流水，还可以远眺两岸：凝望流水久了，会有点受它催眠，也就是出神吧；而从桥上看岸，不但左右逢源，而且因为够远，正是美感的距离。如果桥上不起车尘，更可从容漫步。如果桥上有人卖艺，或有雕刻可观，当然就更动人。这些条件查理大桥无不具备，所以行人多在桥上流连，并不急于过桥：手段，反而胜于目的。

查理大桥为查理四世（CharlesIV，1316—1378）而命名，始建于一三五七年，直到十五世纪初才完成。桥长五百二十公尺，宽十公尺，由十六座桥墩支持，全用灰扑扑的砂岩砌成。造桥人是查理四世的建筑总监巴勒（Peter Parler）：他是哥特式建筑的天才，包括圣维塔大教堂及老城桥塔在内，布拉格在中世纪的几座雄伟建筑都是他的杰作。十七世纪以来，两侧的石栏上不断加供圣徒的雕像，或为独像，例如圣奥古斯丁；或为群像，例如圣母恸抱耶稣；或为本地的守护神，例如圣温塞斯拉斯（Wenceslas），等距对峙，共有三十一组之多，连像座均高达二丈，简直是露天的天主教雕刻大展。

桥上既不走车，十公尺石砖铺砌的桥面全成了步道，便显得很宽坦了。两侧也有一些摊贩，多半是卖河上风光的绘画或照片，水平颇高，不然就是土产的发夹胸针、项链耳环之类，造型也不俗气，偶尔也有俄式的木偶或荷兰风味的瓷器街屋。这些小货摊排得很松，都挂出营业执照，而且一律不放音乐，更不用扩音器。音乐也有，或为吉他、提琴，或为爵士乐队，但因桥面空旷，水声潺潺，即使热烈的爵士乐萨克斯风，也迅随河风散去。一曲既罢，掌声零落，我们不忍，总是向倒置的呢帽多投几枚铜币。有一次还见有人变戏法，十分高明。这样悠闲的河上风情，令我想起《清明上河图》的景况。

行人在桥上，认真赶路的很少，多半是东张西望，或是三五成群，欲行还歇，仍以年轻人为多。人来人往，都各行其是，包括情侣相拥而吻，公开之中不失个别的隐私。若是独游，这桥上该也是旁观众生或是想心事最佳的去处。

河景也是大有可观的，而且观之不厌。布拉格乃千年之古城，久为波希米亚王国之京师，在查理四世任罗马皇帝的岁月，更贵为帝都，也是十四世纪欧洲有数的大城。这幸运的黄金城未遭兵燹重大的破坏，也绝少碍眼的现代建筑龃龉其间，因此历代的建筑风格，从高雅的罗马式到雄浑的哥特式，从巴洛克的宫殿到新艺术的荫道，均得保存迄今，乃使布拉格成为一"具体而巨"的建筑史博物馆，而布拉格人简直就生活在艺术的传统里。

站在查理大桥上放眼两岸，或是徜徉在老城广场，看不尽哥特式的楼塔黛里带青，凛凛森严，犹似戴盔披甲，在守卫早陷落的古城。但对照这些冷肃的身影，满城却千门万户，热闹着橙红屋顶，和下面整齐而密切的排窗，那活泼生动的节奏，直追莫扎特的快板。最可贵的是一排排的街屋，甚至一栋栋的宫殿，几乎全是四层楼高，所以放眼看去，情韵流畅而气象完整。

桥墩上栖着不少白鸥，每逢行人喂食，就纷纷飞起，在石栏边穿梭交织。行人只要向空中抛出一片面包，尚未落下，只觉白光一闪，早已被敏捷的黄喙接了过去。不过是几片而已，竟然召来这许多素衣侠高来高去，翻空蹑虚，展露如此惊人的轻功。

三 黄金巷

布拉格城堡一探，犹未尽兴。隔一日，茵西又领了我们去黄金巷（Zlatá ulička）。那是一条令人怀古的砖道长巷，在堡之东北隅，一端可通古时囚人的达利波塔，另一端可通白塔。从堡尾的石阶一路上坡，入了古堡，两个右转就到了。巷的南边是伯尔格瑞夫宫，北边是碉堡的石壁，古时厚达一公尺。壁垒既峻，宫墙又高，黄金巷蜷在其间，有如狭谷，一排矮小的街屋，盖着瓦顶，就势贴靠在厚实的堡壁上。十六世纪以后，住在这一排陋屋里的，是号称神枪手（sharpshooters）的炮兵，后来金匠、裁缝之类也来此开铺。相传在鲁道夫二世之朝，这巷里开的都是炼金店，所以叫作黄金巷。

如今这些矮屋，有的漆成土红色，有的漆成淡黄、浅灰，蜷缩在斜覆的红瓦屋顶下，令人幻觉，怎么走进童话的插图里来了？这条巷子只有一百三十公尺长，但其宽度却不规则，阔处约为窄处的三倍。走过窄处，张臂几乎可以触到两边的墙壁，加以屋矮门低，墙壁的颜色又涂得稚气可掬，乃令人觉其可亲可爱，又有点不太现实。进了门去，更是屋小如舟，只要人多了一点，就会摩肩接踵，又仿佛是挤在电梯间里。

炮兵和金匠当然都不见了。兴奋的游客探头探脑，进出于迷你的玩具店、水晶店、书店、咖啡馆，总不免买些小纪念品回去。最吸引人的一家在浅绿色的墙上钉了一块细长的铜牌，上刻"佛兰兹·卡夫卡屋"，颇带凡·高风格的草绿色门楣上，草草写上"二十二号"。里面是一间极小的书店，除了陈列一些卡夫卡的图片说明，就是卖书了。我用七十克朗（crown，捷克文为koruna）买到一张布拉格的"漫画地图"，十分得意。

　　"漫画地图"是我给取的绰号，因为正规地图原有的抽象符号，都用漫画的笔法，简要明快地绘成生动的具象：其结果是地形与方位保持了常态，但建筑与行人、街道与广场的比例，却自由缩放，别有谐趣。

　　黄金巷快到尽头时，有一段变得更窄，下面是灰色的石砖古道，上面是苍白的一线阴天，两侧是削面而起的墙壁，纵横着斑驳的沧桑。行人走过，步声跫然，隐蔽之中别有一种隔世之感。这时光隧道通向一个空落落的天井，三面围着铁灰的厚墙，只有几扇封死了的高窗。显然，这就是古堡的尽头了。

　　寒冷的岑寂中，我们围坐在一柄夏天的凉伞下，捧着喝咖啡与热茶取暖。南边的石城墙上嵌着两扉木门，灰褐而斑驳，也是封死了的。门上的铜环，上一次是谁来叩响的呢，问满院的寂寞，所有的顽石都不肯回答。我们就那么坐着，似乎在倾听六百年古堡隐隐的耳语，在诉说一个灰颓的故事。若是深夜在此，查理四世的鬼魂一声咳嗽，整座空城该都有回声。而透过窄巷，仍可窥见那一头的游客来往不绝，恍若隔了一世。

四　犹太区

　　凡爱好音乐的人都知道，布拉格是斯美塔那和德沃夏克城。同样，爱好文学的读者也都知道，卡夫卡，悲哀的犹太天

164 ...

才，也是在此地诞生、写作，度过他一生短暂的岁月。

悲哀的犹太人在布拉格，已有上千年的历史。斯拉夫人来得最早，在第五世纪便住在今日布拉格城堡所在的山上了。然后在第十世纪来了亚伯拉罕的后人，先是定居在魔涛河较上游的东岸，十三世纪中叶更在老城之北，正当魔涛河向东大转弯处，以今日"犹太旧新教堂"（Staronová syngoga）为中心，发展出犹太区来。尽管犹太人纳税甚丰，当局对他们的态度却时宽时苛，而布拉格的市民也很不友善，因此犹太人没有公民权，有时甚至遭到迫迁。直到一八四八年，开明的哈布斯堡朝①皇帝约瑟夫二世（Joseph II）才赋予公民权。犹太人为了感恩，乃将此一地区改称"约瑟夫城"（Joseph），一直沿用至今。

这约瑟夫城围在布拉格老城之中，乃布拉格最小的一区，却是游客必访之地。茵西果然带我们去一游。我们从地铁的弗洛伦斯站（Florenc）坐车到桥站（Mustek），再转车到老城站（Staroměstská），沿着西洛卡街东行一段，便到了老犹太公墓。从西洛卡街一路蜿蜒到利斯托巴杜街，这一片凌乱而又荒芜的墓地呈不规则的"Z"字形。其间的墓据说多达一万二千，三百多年间的葬者层层相叠，常在古墓之上堆上新土，再葬新鬼。最早的碑石刻于一四三九年，死者是诗人

---

① 哈布斯堡-洛林皇朝。——编者注

兼法学专家阿必多·卡拉；最后葬此的是摩西·贝克，时在一七八七年。由于已经墓满，"死无葬身之地"，此后的死者便葬去别处。

那天照例天阴，冷寂无风，进得墓地已经半下午了。叶落殆尽的枯树林中，飘满蚀黄锈赤的墓地上，尽堆着一排排、一列列的石碑，都已半陷在土里，或正或斜，或倾侧而欲倒，或入土已深而只见碑顶，或出土而高欲与人齐，或交肩叠背相恃相倚，加以光影或迎或背，碑形或方或三角或繁复对称，千奇百怪，不一而足。石面的浮雕古拙而苍劲，有些花纹图案本身已恣肆淋漓，再历经风霜雨露天长地久的侵蚀，半由人雕凿半由造化磨炼，终于斑驳陆离完成这满院的雕刻大展，陈列着三百多年的生老病死，一整个民族流浪他乡的惊魂扰梦。

我们走走停停，凭吊久之，徒然猜测碑石上的希伯来古文刻的是谁的姓氏与行业，不过发现石头的质地亦颇有差异。其中石纹粗犷、苍青而近黑者乃是砂岩，肌理光洁、或白皙或浅红者应为大理石，砂岩的墓碑年代古远，大理石碑当较晚期。

"这一大片迷魂石阵，"转过头去我对天恩说，"可称为布拉格的碑林。"

"一点也不错，"天恩走过来，"可是怎么只有石碑，不见坟墓？"

　　茵西也走过来，一面翻阅小册子，说道："据说是石上填土，土上再立碑，共有十层之深。"

　　"真是不可思议。"隐地也拎着相机，追了上来。四顾不见邦缓，我存和我问茵西，茵西笑答：

　　"她在外面等我们呢。她说，黄昏的时候莫看坟墓。"

　　经此一说，大家都有点惴惴不安了，更觉得墓地的阴森加重了秋深的萧瑟。一时众人默然面对群碑，天色似乎也暗了一层。

　　"扰攘一生，也不过留下一块顽石。"天恩感叹。

　　"能留下一块碑就不错了。"茵西说，"第二次世界大战期间，纳粹在这一带杀害了七万多犹太人。这些冤魂在犹太教堂的纪念墙上，每个人的名字和年份只占了短短窄窄一小行而已——"

　　"真的啊？"隐地说，"在哪里呢？"

　　"就在隔壁的教堂，"茵西说，"跟我来吧。"

　　墓地入口处有一座巴洛克式的小教堂，叫作克劳兹教堂（Klaus Synagogue），里面展出古希伯来文的手稿和名贵的版画，但令人低回难遣的，却是楼上收集的儿童作品。那一幅幅天真烂漫的素描和水彩，线条活泼，构图单纯，色调生动，在稚拙之中流露出童真的淘气、谐趣。观其潜力，若是加以培养，未必不能成就来日的米罗和克利。但是，看过了旁边的说明之后，你忽然笑不起来了。原来这些孩子都是纳粹占领期间关在泰瑞辛（Terezin）集中营里的小俘虏：当别的孩子在唱儿歌看童话，他们却挤在窒息的货车厢里，被押去令人呛咳而绝的毒气室，那灭族的屠场。

脚步沉重，心情更低沉，我们又去南边的一座教堂。那是十五世纪所建的文艺复兴式古屋，叫平卡斯教堂（Pinkas Synagogue），正在翻修。进得内堂，迎面是一股悲肃空廓的气氛，已经直觉事态严重。窗高而小，下面只有一面又一面石壁，令人绝望地仰面窥天，呼吸不畅，如在地牢。高峻峭起的石壁，一幅连接着一幅，从高出人头的上端，密密麻麻，几乎是不留余地，令人的目光难以举步，一排排横刻着死者的姓名和遇难的日期，名字用血的红色，死期用讣闻的黑色，一直排列到墙角。我们看得眼花而鼻酸。凑近去细审徐读，才把这灭族的浩劫一一还原成家庭的噩耗。我站在F部的墙下，发现竟有心理学家弗洛伊德的宗亲，是这样刻的：

FREUD Artur 17.V 1887—1.X 1944 Flora 24. II 1893—1.X 1944

这么一排字，一个悲痛的极短篇，就说尽了这对苦命夫妻的一生。丈夫阿瑟·弗洛伊德比妻子芙罗拉大六岁，两人同日遇难，均死于一九四四年十月一日，丈夫五十七岁，妻子五十一岁，其时离大战结束不过七个月，竟也难逃劫数。另有一家人与汉学家佛朗科同姓，刻列如下：

FRANKL Leo 28. I 1904—26. X 1942 Olga 16. III 1910—26. X 1942 Pavel 2. VII 1938—26. X 1942

足见一家三口也是同日遭劫，死于一九四二年十月二十六日，爸爸利欧只有三十八岁，妈妈娥佳只有三十二岁，男孩儿巴维才四岁呢。仅此一幅就摩肩接踵，横刻了近二百排之多，几乎任挑一家来核对，都是同年同月同日死去，偶有例外，也差得不多。在接近墙脚的地方，我发现施莱歇尔一家三代的死期：

FLEISCHER Adolf 15. X 1872—6. VI 1943 Hermina 20. VII 1874—18. VII 1943 Oscar 29. IV 1902—28. IV 1942 Gerda 12. IV 1913—28. IV 1942 Jiri 23. X 1937—28. IV 1942

根据这一串数字，当可推测祖父阿道夫死于一九四三年六月六日，享年七十一岁；祖母海敏娜比他晚死约一个半月，六十九岁那年可以说是她的忍年：那一个半月她的悲恸或忧疑可想而知。至于父亲奥斯卡，母亲葛儿妲，孩子吉瑞，则早于一九四二年四月二十八日同时殒命，但祖父母是否知道，仅凭这一行半行数字却难推想。

我一路看过去，心乱而眼酸，一面面石壁向我压来，令我窒息。七万七千二百九十七具赤裸裸的尸体，从耄耋到稚婴，在绝望而封闭的毒气室巨墓里扭曲着挣扎着死去，千肢万骸向我一铲铲一车车抛来投来，将我一层层一叠叠压盖在下面。于是七万个名字，七万不甘冤死的鬼魂，在这一面面密密麻麻的哭墙上一起恸哭了起来，灭族的哭声、喊声，夫喊妻，母叫子，祖呼孙，那样高分贝的悲痛和怨恨，向我衰弱的耳神经汹涌而来，历史的余波回响卷成灭顶的大旋涡，将我卷进……我听见在战争的深处母亲喊我的回声。

南京大屠杀，重庆大轰炸，我的哭墙在何处？眼前这石壁上，无论多么拥挤，七万多犹太冤魂总算已各就各位，丈夫靠着亡妻，天儿偎着生母，还有可供凭吊的方寸归宿。但我的同胞族人，武士刀夷烧弹下那许多孤魂野鬼，无名无姓，无宗无亲，无碑无坟，天地间，何曾有一面半面的哭墙供人指认？

五　卡夫卡

今日留居在布拉格的犹太人，已经不多了。曾经，他们有功于发展黄金城的经济与文化，但是往往赢不到当地捷克人的友谊。最狠的还是希特勒。他的计划是要"彻底解决"，只保留一座"灭族绝种博物馆"，那就是今日幸存的六座犹太教堂和一座犹太公墓。

德文与捷克文并为捷克的文学语言。里尔克（R. M. Rilke，

1875—1926)、费尔非（Franz Werfel，1890—1945）、卡夫卡（Franz Kafka，1883—1924）同为诞生于布拉格的德语作家，但是前两人的交游不出犹太与德裔的圈子，倒是犹太裔的卡夫卡有意和当地的捷克人来往，并且公开支持社会主义。

然而就像他小说中的人物一样，卡夫卡始终突不破自己的困境，注定要不快乐一生。身为犹太种，他成为反犹太的对象。来自德语家庭，他得承受捷克人民的敌视。父亲是殷商，他又不见容于无产阶级。另一层不快则由于厌恨自己的职业：他在"劳工意外保险协会"一连做了十四年的公务员，也难怪他对官僚制度的荒谬着墨尤多。

此外，卡夫卡和女人之间亦多矛盾：他先后订过两次婚[①]，都没有下文。但是一直压迫着他、使他的人格扭曲变形的，是他那壮硕而独断的父亲。在一封没有寄出的信里，卡夫卡怪父亲不了解他，使他丧失信心，并且产生罪恶感。他父亲甚至骂他是"虫豸"（ein ungeziefer）。紧张的家庭生活，强烈的宗教疑问，不断折磨着他。在《审判》《城堡》《变形记》等作品中，年轻的主角总是遭受父权人物或当局误解、误判、虐待，甚至杀害。

就这么，这苦闷而焦虑的心灵在昼魔里徘徊梦游，一生

---

① 实际是三次订婚。——编者注

都自困于布拉格的迷宫，直到末年，才因肺病死于维也纳近郊的疗养院。生前他发表的作品太少，未能成名，甚至临终都嘱友人布洛德（Max Brod）将他的遗稿一烧了之。幸而布洛德不但不听他的，反而将那些杰作，连同三千页的日记、书信，都编妥印出。不幸在纳粹的统治下，这些作品都无法流通。一九三一年，他的许多手稿被盖世太保没收，从此没有下文。后来，他的三个姊妹都被送去集中营，惨遭杀害。

直到五十年代，在卡夫卡死后三十年，他的德文作品才译成了捷克文，并经苏格兰诗人缪尔夫妇（Edwin and Willa Muir）译成英文。

布拉格，美丽而悲哀的黄金城，其犹太经验尤其可哀。这金碧辉煌的文化古都，到处都听得见卡夫卡咳嗽的回声。最富于市井风味、历史趣味的老城广场（Staroměstské náměstí），有一座十八世纪洛可可式的金斯基宫，卡夫卡就在里面的德文学校读过书，他的父亲也在里面开过时装配件店。广场的对面，还有卡夫卡艺廊。犹太区的入口处，梅索街五号有卡夫卡的雕像。许多书店的橱窗里都摆着他的书，挂着他的画像。

画中的卡夫卡浓眉大眼，忧郁的眼神满含焦灼，那一对瞳仁正是高高的狱窗，深囚的灵魂就攀在窗口向外窥探。黑发蓄成平头，低压在额头上。招风的大耳朵突出于两侧，警醒得似乎在收听什么可疑、可惊的动静。挺直的鼻梁，轮廓刚劲地从眉心削落下来，被丰满而富感性的嘴唇托个正着。

布拉格的迷宫把彷徨的卡夫卡困成了一场噩梦，最后这噩梦却回过头来，为这座黄金城加上了桂冠。

六　遭窃记

布拉格的地铁也叫Metro，没有巴黎、伦敦的规模，只有三线，却也干净、迅疾、方便，而且便宜。令人吃惊的是：地道挖得很深，而自动电梯不但斜坡陡峭，并且移得很快，起步要是踏不稳准，同时牢牢抓住扶手，就很容易跌跤。梯道斜落而长，分为两层，每层都有五楼那么高。斜降而下，虽无滑雪那么迅猛，势亦可惊。俯冲之际，下瞰深谷，令人有伊于胡底之忧。

布城人口一百二十多万，街上并不显得怎么熙来攘往，可是地铁站上却真是挤，也许不是那么挤，而是因为电梯太快，加以一边俯冲而下，另一边则仰昂而上，倍增交错之势，令人分外紧张。尖峰时段，车上摩肩擦背，就更挤了。

我们一到布拉格，驻捷克代表处的谢新平代表伉俪及黄顾问接机设宴，席间不免问起当地的治安。主人笑了一下说："倒不会抢，可是扒手不少，也得提防。"大家松了一口气，隐地却说："不抢就好。至于偷嘛，也是凭智慧——"逗得大家笑了。

从此我们心上有了小偷的阴影，尤其一进地铁站，向导茵西就会提醒大家加强戒备。我在海外旅行，只要有机会搭地铁，很少放过，觉得跟当地中下层民众挤在一起，虽然说不上什么"深入民间"，至少也算见到了当地生活的某一横剖面，能与当地人同一节奏，总是值得。

有一天，在布拉格拥挤的地铁车上，见一干瘦老者声色颇厉地在责备几个少女，老者手拉吊环而立，少女们则坐在一排。开始我们以为那滔滔不绝的斯拉夫语，是长辈在训晚辈，直到一位少女赧赧含笑站起来，而老者立刻向空位上坐下去，才恍然他们并非一家人，而是老者责骂年轻人不懂让座，有失敬老之礼。我们颇有感慨，觉得那老叟能理直气壮地当众要年轻人让座，足见古礼尚未尽失，民风未尽浇薄。不料第二天在同样满座的地铁车上，一位十五六岁的男孩儿，像是中学生模样，竟然起身让我，令我很感意外。不忍辜负这好孩子的美意，我一面笑谢，一面立刻坐了下去。那孩子"日行一善"，似乎还有点害羞，竟然半别过脸去。这一幕给我的印象至深，迄今温馨犹在心头。这小小的国民外交家，一念之仁，赢得游客由衷的铭感，胜过了千言不惭的观光手册。

到布拉格第四天的晚上，我们乘地铁回旅馆。车到共和广场站（Mámĕsti Republicky），五个人都已下车，我跟在后面，正要跨出车厢，忽听有人大叫"钱包！钱包！"声高而情急。等我定过神来，隐地已冲回车上，后面跟着茵西。车厢里一阵惊愕错乱，只听见隐地说："证件全不见了！"整个车厢的目光都猬聚在隐地身上，看着他抓住一个六十上下的老人，抓住那老人手上的棕色提袋，打开一看——却是空的！

这时的车门已自动合上。透过车窗，邦媛、天恩、我存正在月台上惶惑地向我们探望。车动了。茵西向他们大叫："你们先回旅馆去！"列车出了站，加起速来。那被搜的老人也似乎一脸惶惑，拎着看来是无辜的提包。茵西追问隐地灾情有多惨重，我在心乱之中，只朦朦意识到"证件全不见了！"似乎比丢钱更加严重。忽然，终站佛罗伦斯到了。隐地说："下车吧！"茵西和我便随他下车。我们一路走回旅馆，途中隐地检查自己的背包，发现连美元带台币，被扒的钱包里大约值五百多美元。"还好，"他最后说，"大半的美元在背包里。身份证跟签账卡一起不见了，幸好护照没丢。不过——"

"不过怎么？"我紧张地问道。

"被扒的钱包是放在后边裤袋里的，"隐地啧啧纳罕，"袋是纽扣扣好的，可是钱包扒走了，纽扣还是扣得好好的。真是奇怪！"

茵西和我也想不通。我笑说："恐怕真有三只手——一只手解纽扣，一只手偷钱，第三只再把纽扣扣上。"

知道护照还在，余钱无损，大家都舒了一口气。我忽然大笑，指着隐地说："都是你，听谢代表说此地只偷不抢，别人都没开口，你却抢着说'偷钱要靠智慧，也是应该'。真是一语成谶！"

七　缘短情长

捷克的玻璃业颇为悠久，早在十四世纪已经制造教堂的玻璃彩窗。今日波希米亚的雕花水晶，更广受各国青睐。在布拉格逛街，最诱惑人的是琳琅满目的水晶店，几乎每条街都有，有的街更一连开了几家。那些彩杯与花瓶，果盘与吊灯，不但造型优雅，而且色调清纯，惊艳之际，观赏在目，摩挲在手，令人不觉陷入了一座透明的迷宫，唉，七彩的梦。醒来的时候，那梦已经包装好了，提在你的袋里，相当重呢，但心头却觉得轻快。何况价钱一点也不贵：台币两三百就可以买到小巧精致，上千就可以拥有高贵大方了。

我们一家家看过去，提袋愈来愈沉，眼睛愈来愈亮。情绪不断上升。当然，有人不免觉得贵了，或是担心行李重了，我便念出即兴的四字诀来鼓舞士气：

昨天太穷

后天太老

今天不买

明天懊恼

　　大家觉得有趣，就一齐念将起来，真的感到理直气壮，愈买愈顺手了。

　　捷克的观光局要是懂事，应该把我这《劝购曲》买去宣传，一定能教无数守财奴解其蓇囊。

　　捷克的木器也做得不赖。纪念品店里可以买到彩绘的漆盒，玲珑鲜丽，令人抚玩不忍释手。两三千元就可以买到精品。有一盒绘的是《天方夜谭》的魔毯飞行，神奇富丽，美不胜收，可惜我一念吝啬，竟未下手，落得"明天懊恼"之讥。

　　还有一种俄式木偶，有点像中国的不倒翁，绘的是胖墩墩的花衣村姑，七色鲜艳若俄国画家夏加尔（Marc Chagall）的画面。橱窗里常见这些村姑成排站着，有时多达十一二个，但依次一个比一个要小一号。仔细看时，原来这些胖妞都可以齐腰剥开，里面是空的，正好装下小一号的"妹妹"。

　　一天晚上，我们去看了莫扎特的歌剧《唐璜》（*Don Giovanni*），不是真人而是木偶所演。莫扎特生于萨尔茨堡，死于维也纳，但他的音乐却和布拉格不可分割。他一生去过那黄金城三次，第二次去就是为了《唐璜》的世界首演。那富丽而饱满的序曲正是在演出的前夕神速谱成，乐队简直是现看现奏。莫扎特亲自指挥，前台与后台通力合作，居然十分成功。可是《唐璜》在维也纳却不很受欢迎，所以莫扎特对布拉格心存感激，而布拉格也引以自豪。

一九九一年，为纪念莫扎特逝世两百周年，布拉格的国家木偶剧场（National Marionette Theatre）首次演出《唐璜》，不料极为叫座，三年下来，演了近七百场，观众已达十一万人。我们去的那夜，也是客满。那些木偶约有半个人高，造型近于漫画，幕后由人拉线操纵，与音乐密切配合，而举手投足，弯腰扭头，甚至仰天跪地，一切动作在突兀之中别有谐趣，其妙正在真幻之间。

临行的上午，别情依依。隐地、天恩、我存和我四人，回光返照，再去查理大桥。清冷的薄阴天，河风欺面，只有七八摄氏度的光景。桥上众艺杂陈，行人来去，仍是那么天长地久的市井闲情。想起两百年前，莫扎特排练罢《唐璜》，沿着栗树掩映的小巷一路回家，也是从查理大桥，就是我正踏着的这座灰砖古桥，到对岸的史泰尼茨酒店喝一杯浓烈的土耳其咖啡；想起卡夫卡、里尔克的脚步声也在这桥上橐橐踏过，感动之中更觉得离情渐浓。

　　我们提着在桥头店中刚买的木偶。隐地和天恩各提着一个小卓别林，戴高帽，挥手杖，蓄黑髭，张着外八字，十分惹笑。我提的则是大眼睛翘鼻子的木偶匹诺曹，也是人见人爱。

　　沿着桥尾斜落的石级，我们走下桥去，来到康佩小村，进了一家叫"金剪刀"的小餐馆。店小如舟，掩映着白纱的窗景却精巧如画，菜价只有台北的一半。这一切，加上户内的温暖，对照着河上的清冽，令我们懒而又懒，像古希腊耽食落拓枣的浪子，流连忘归。尤其是隐地，尽管遭窃，对布拉格之眷眷仍不改其深。问起他此刻的心情，他的语气恬淡而隽永：

　　"完全是缘分，"隐地说，"钱包跟我已经多年，到此缘尽，所以分手。至于那张身份证嘛，不肯跟我回去，也只是另一个自我，潜意识里要永远留在布拉格城。"

　　看来隐地经此一劫，境界日高。他已经不再是苦主，而是哲学家了。偷，而能得手，是聪明。被偷，而能放手，甚至放心，就是智慧了。

　　于是我们随智者过桥，再过六百年的查理大桥。白鸥飞起，回头是岸。

　　　　　　　　　　　　　　　　　　一九九四年十二月

一株多刺的仙人掌

散文
是一切作家的
身份证

诗
是一切艺术的
入场券

诗的三种读者

不时有人会问我："诗应如何欣赏？"

这问题实在难以回答，如果问者是一个陌生人，我就会说："那要看你对诗有什么要求。如果你的目的只在追求'诗意'，满足美感，那就不必太伤脑筋，只要兴之所至，随意讽诵吟哦，做一个诗迷就行了。如果你志在做一位学者，那么诗就变成了学问，不再是纯粹的乐趣了。诗迷读诗，可以完全主观，也就是说，一切的标准取决于自己的口味。学者读诗，却必须尽量客观，在提出自己的意见以前，往往要多听别人的意见，在进入一首诗的核心以前，更需要多认识那首诗的背景和环境。学者对一首诗的'欣赏'，必须建基在'了解'之上。如果你志在做一位诗人，那读法又不同了。学者对一首诗的责任，在于了解，不但自己了解，还要帮助别人了解。诗人面对一首诗，尤其是一首好诗，尤其是一首新的好诗，往往像一个学徒面对着师傅，总想学点什么手艺，不但目前使用，更待他日翻新出奇，把师傅都比了下去。学者读诗，因为是做学问，所以必须耐下心来，读得彻底而又普遍，遇到不喜欢的作品，也不许绕道而过。诗人读诗，只要拣自己喜欢的作品就行，不喜欢的可以不理——这一点，诗人和一般读者相同。不同的是：一般读者读了自己喜欢的诗，就达到目的了，诗人却必须更进一步，不但读得高兴，还要举一反三，触类旁通，善加利用。譬如食物，一般读者但求可口，诗人于可口之外，更须注意摄取营养。"

当然，学者和诗人在本质上也都是读者，不过他们都是专业的读者，所以读法不同。非专业性的读者，可以称为"纯读者"。"纯读者"之中未必没有博学而高明的"解人"，只是他们不写文章，不以学者自命而已。

一般的纯读者，往往在少年时代爱上了诗。那种爱好往往很强烈，但也十分主观，而品味的范围也十分狭窄。纯读者对诗浅尝便止，欣赏的天地往往只限于三五位诗人的三五十首作品。因为缺乏比较，也无力分析，这几十首诗便垄断了他的美感经验，似乎天下之美尽止于此。纯读者的兴趣往往始于选集，也就终于选集，很少发展及于专业，更不可能进入全集。且以《唐诗三百首》为例，因为未选李贺，所以纯读者往往不读李贺。至于杜牧，因为所选九首之中，七绝占了七首，所以在纯读者的印象之中，他似乎成了专用七绝写柔美小品的诗人了。纯读者的品味能力，缺少锻炼，无由扩大，一过青年时代，往往也就不再发展了。

　　我在少年时代读诗，自命可恃直觉与顿悟，对于诗末的注解之类，没有耐心详阅。这种"不求甚解"的天才读法，对付"床前明月光"和"桂魄初生秋露微"一类的作品，也许可以，而遇到典故复杂背景特殊的一类，就所得无几了。学者读诗，没有一个能不看注解的。要充分了解一首诗，不能不熟悉作者的生平与时代，也不能不分析诸如格律、意象、结构等技巧。中国的传统研究往往太强调前者，西方的现代批评又往往太注重后者，如能两者相济，当较为平衡可行。诗的讲授、评论、注解、编选、翻译等，都是学者的工作。

　　诗人又是另一种特别的读者。苏轼读诗，和朱熹读诗是不一样的。诗人读诗，固然也求了解别的诗人，但是更想触发自己创作的灵感。所以苏轼读了陶诗，便写了许多和陶之作。东坡集中，和韵次韵之作，竟占五分之一以上，那首有名的"人生到处知何似"也是为和子由而写的，但子由的原作却无人读了。杜甫之名句"转益多师是汝师"，正说明了，要做诗人，就要放开眼界，多读各家作品，才能找到自己要走的大道。低下的诗人只能抄袭字句，高明的诗人却能脱胎换骨，伟大的诗人则点铁成金，起死回生，无论所读的作品是好是坏，都能转化为自己的灵感。

　　读者读诗，有如初恋。学者读诗，有如选美。诗人读诗，有如择妻。

　　读者赏花。学者摘花。诗人采蜜。

一九七九年夏

缪斯的左右手——诗和散文的比较

1

诗和散文，同为表情达意的两大文体，但诗凭借想象，较具感情的价值，散文依据常识，较具实用的功能。诗为专任，心无旁骛。散文乃兼差，不但要做公文、新闻、书信、广告等杂务的工具，还要用来叙事、说理、抒情。诗像是情人，可以专门谈情。散文像是妻子，当然也可以谈情说爱，但是家务太重太杂了，实在难以分身，而相距也太近了，毕竟不够刺激。于是有人说：散文乃走路，诗乃跳舞；散文乃喝水，诗乃饮酒；散文乃说话，诗乃唱歌；散文乃对话，诗乃独白；散文乃国语，诗乃方言；散文乃门，诗乃窗。其间的对比永远说不完。

诗的身份特殊，性格鲜明，最能刺激一般人的幻想，所以诗所受的恭维和挖苦，两趋极端，远多于散文。这正如饮酒的故事和笑话最多，喝水呢，就没有什么好谈。说到诗，我们会想到什么诗仙、诗圣、诗史、诗囚、诗奴、诗魔等等，但在散文里就似乎没有这么多彩多姿。散文似乎行于人间，诗似乎行于人神之际。在传统的文学批评里，常见扬诗而抑散文。

英国大诗人兼批评家柯立治，就认为诗是"最妥当的字句放在最妥当的地位"，而散文，只是"把字句放在最妥当的地位"，毕竟逊了一筹。当代名诗人、批评家、翻译家，兼历史小说家格雷夫斯（Robert Graves）在自己诗集的前言中曾说："我写的诗是给诗人看的，我写的讽刺和怪诞之作是给才子读的。我写散文，是给一般人看的，并且希望他们不知道，除了散文我还写别的东西。写诗给非诗人看，乃是白费精神。"格雷夫斯扬诗抑文之说失之于偏，可是我佩服他独来独往的勇气。不幸在英文里，诗的形容词（poetic）是褒词，意为"美妙"；散文的形容词（prosaic）却是贬词，意为"平庸"。在中文里也是如此：我们说"这太散文化了"，是用散文的消极意义；但是当我们说"简直像诗"，却是用诗的积极意义，实在不太公平。王尔德贬诗人勃朗宁，说过这么一句俏皮话："梅瑞狄斯乃散文之勃朗宁，其实勃朗宁也如此。"梅瑞狄斯是英国小说家，王尔德的意思是说，梅瑞狄斯可谓散文中之勃朗宁，其实勃朗宁的诗十分散文化，了无诗意，也只能算是散文家勃朗宁而已。

尽管文学的传统扬诗而贬文，散文仍是易写而难工的一种文体，甚至是一种艺术，并非简单到能开口说话就能动笔写散文。莫里哀的喜剧《吝啬鬼》中的商人儒尔丹，听说他的一句话"尼哥，给我把拖鞋和睡帽拿来"就是散文，不禁得意地叫道："天哪，我说散文说了四十年，自己还一直都不知道！"如果说话就是散文，那么世界上说话漂亮的人岂不都成了散文家，散文也未免太贱了。一般人总是谦称不会写诗，但很少人愿意坦认自己不会写散文，正因为散文身兼数职，既然人人都会写信、填表、记日记，谁不会写散文呢？

在扬诗抑文的传统下，也有不少作家（大半不是诗人）不甘雌伏，认为散文不但难工，而且比诗更为可贵。小说家毛姆就说："要把散文写好，有赖于好的教养。散文和诗不同，原是一种文雅的艺术。有人说过，好的散文应该像斯文人的谈吐。"散文家柯勒登·布洛克在《英国散文之病》一文中，说得更不含糊："散文是文明的成就：有识之士领悟讨论问题时不宜挥拳骂街，知道真理难求然而值得追求，他们会用理性和耐性来唤起对手的理性和耐性，不会动辄指对手为恶人——散文的成就属于这些人。最好的散文能说的东西，诗说不出来；最好的散文办得到的事，诗办不到。若论欢欣或英勇的程度，文明社会也许不及原始社会那么高，但是如果文明社会真够文明，则日常生活当较为美好，较为仁慈，较有理性，较有久长之计；而仁慈、理性和持之以恒的工作，正是散文杰作所表现、所激发的精神。"

毛姆和柯勒登·布洛克的诗文比较观，只是在原则上立论；我国的散文家林纾，在反躬自评之际，却高抬自己的散文，践踏自己的诗，到了可惊又可笑的地步。他在给李宣龚的信中说："石遗言吾诗将与吾文并肩，吾又不服，痛争一小时。石遗门外汉，安知文之奥妙！六百年中，震川外无一人敢当我者，持吾诗相较，特狗吠驴鸣。"林琴南的口气，比李敖又大了一百年，不过眼中还有个归有光，总算是谦虚的了。中国的文人，照例喜欢别人说他"诗文双绝"，但从林琴南的信来看，他显然是扬文抑诗的一派。

2

所谓"诗文双绝"往往说来好听，其实不然。即使是文豪诗宗，也往往性有所近、才有所偏，不能两全其美。

杜甫虽称诗圣，散文却非所长。拿《观公孙大娘弟子舞剑器行》及《追酬故高蜀州人日见寄》等诗的序言，和苏轼《百步洪》的序言一比，立刻感到苏文生动流畅，真是当行本色。反之，苏辙虽为散文大家，诗却不怎么出色，和他哥哥唱和之作，总是被哥哥比了下去。苏轼那首有名的七律"人生到处知何似"，原是和苏辙的，但今日的读者没有几个人记得苏辙的那首原诗了。平心而论，那首原诗也实在平庸，不耐咀嚼，无足传后，真所谓"虽在父兄，不能以移子弟"。现代散文作家之中，周作人、朱自清早年都写过新诗，但是都不很高明，算不得诗人，倒是写起旧诗来往往出色，例如郁达夫和鲁迅。美国作家之中，爱默生和爱伦·坡也总算"诗文双绝"的了，但是洛威尔（James Russell Lowell）却说爱默生的散文"不失为上乘之诗，但是他的诗呢，天晓得，有的只是散——啊不，连散文都不算"。至于爱伦·坡呢，以文体见长的美学家佩特（Walter Pater）不满他小说中欠纯的文体，宁愿读其法文译本。

尽管如此，诗人兼擅散文，仍多于散文家兼擅诗；或者可以说，诗人写的散文往往比散文家写的诗胜一筹。散文看来好写，但要写好却很难；诗看来难写，实际上也难写好。诗比散文"技巧化"得多，正如跳舞比走路"技巧化"得多。但是走路要走得好看，也不容易；会跳舞的人走路，应该要好看些。无论如何，受过写诗锻炼的人来写散文，总应该有一点"出险入夷"的感觉。

翻开一本诗选，里面不见多少散文家。但是翻开一本散文选，里面却多诗人。在这种场合，诗人往往抢了散文家的风头。一本唐诗选里，真正称得上散文大家的，不过韩愈、柳宗元二人；如王、杨、卢、骆之辈，虽也各有文集多卷，但真能传后且流于众口如其诗者，实在罕见。杜牧为晚唐之杰，他的

《樊川文集》诗文各半，其中的文章，除了《阿房宫赋》等三篇赋和《李贺集序》等之外，绝大多数都是论政论兵，"碑、志、书、启、表、制"之类，和文学没有什么关系。像杜牧这样的作家，我实在不愿称之为散文家。但是在最通俗的《古文观止》里，尤其是六朝唐文一卷之中，从《归去来辞》到《阿房宫赋》，至少有九篇名作是出于当行本色的诗人之手。陶潜、骆宾王、王勃、李白、刘禹锡、杜牧的这些散文流传之广，绝不下于他们的诗篇。

我手头有一本塘鹅版①的《英国小品文选》（*A Book of English Essays*, selected by W.E.Willams），其中的二十五家作品，有七家出于"诗文双绝"的作家，但是没有一家称得上是大诗人。另有一本哈拉普版②的《英国现代散文选》（*A Book of Modern Prose*, selected by Douglas Brown）十五篇散文之中，有五篇出于诗人，作者依次是缪尔、布伦登、萨松、格雷夫斯、托马斯（Edward Thomas）。另有两篇则出于小说家劳伦斯之手，对他可谓十分推崇。其实劳伦斯也是一位诗人，近年来诗名蒸蒸日上，他在这方面的产量颇丰，比起寡产的卞之琳、戴望舒、闻一多来，约在十倍以上。然而上述的六位英国作家，

① 英国企鹅出版集团旗下的塘鹅丛书（Pelican Books）。——编者注
② 英国栽伯斯·哈拉普出版社（Chambevs Harrap）。——编者注

除格雷夫斯见仁见智之外，都不能算是大诗人。

英美的大诗人难道不写散文吗？当然写。不过像弥尔顿、德莱顿、柯立治、雪莱、阿诺德、艾略特等人的散文，大半是长篇的论文，尤其是文学批评，不是《桃花源记》《滕王阁序》《醉翁亭记》《赤壁赋》《杂说》一类的美文或小品文。唐宋八大家之中，韩愈、柳宗元、欧阳修、王安石、苏轼，都是诗文双绝的天才。尤其是苏轼，像他这样诗（包括词的成就）文均为大家，产量既丰，变化又富，在英美文学中实难一见。

所谓"诗文双绝"，可以更进一解，那便是同一篇作品之中，诗文并列，或者同一题材，用诗文分别处理。诗文并列的作品之中，有的以诗为主，以文为副，例如《桃花源诗并序》《琵琶行》《在狱咏蝉》《正气歌》之类都是；有的以文为主，文末附上一首诗，例如《滕王阁序》和《潮州韩文公庙碑》。陶潜虽是大诗人，那篇《桃花源记》却写得太好了，后面的五言原诗反而显得平平无奇，形同脚注。真是"后遂无问津者"。姜夔的词前每有一段散文小引，胡适就认为后面的词反而不如前面的小引真切生动。

同一题材分写成诗和散文的例子，古典文学中有苏轼的《赤壁赋》和《念奴娇》，现代文学中则有徐志摩的《我所知道的康桥》和《再别康桥》。这些例子人人都知道。但是像杜甫的《画鹰》《丹青引赠曹将军霸》及《韦讽录事宅观曹将军画马图》也有散文上的姐妹篇，知道的人就少了。如果我们拿他自己的《雕赋》来比《画鹰》，再拿《画马赞》和咏曹霸的两首诗作一对照，当可发现他的诗文颇多相通之处，但是他的诗灵活生动，个性鲜明，毕竟高妙得多了。《雕赋》长达七百三十一字，十余倍于《画鹰》，却过于铺张雕琢，反不如《画鹰》那么神完气足，一搏而中。四言的《画马赞》读来似曾相识，因为其中"韩干画马，毫端有神。骅骝老大……良工惆怅"等句，改头换面，也出现在他诗里，至于"四蹄雷霆，一日天地"之句，即使放在《房兵曹胡马》诗中，也并不逊色。

3

兼写诗和散文的作家，左右逢源之余，也另有一种烦恼，那便是：面对一个新题材，究竟该用诗还是散文来表达。这就涉及诗和散文功用之异，甚至本质之分了。

诗和散文最浅显的差异，当然是在形式。我国的传统认为"有韵为诗，无韵为文"。如果真是这样，那倒是简单了。《诗经》里的《周颂》，往往无韵。乐府中的某些民歌如《江南可采莲》，用韵并不周全。梁鸿的《五噫歌》近于天籁，也无韵可寻。外国诗中，韵往往不是必要的条件；《圣经》里的

《诗篇》与《所罗门之歌》都是自由诗；莎士比亚的诗剧、弥尔顿的史诗、华兹华斯的冥想诗，都是用"无韵体"写成。

第二个差异在句法，诗句讲究整齐，散文句则宜于长短开合，错落有致。为求节奏起伏多姿，同中寓异，诗句之格局自然而然就淘汰了四言，流行奇偶对照的五言和七言，至于六言和八言，就始终没有流行起来。奇偶对照之为诗的节奏，一直到新诗兴起，用二字尺和三字尺组成的格律诗，仍然无法推翻。目前我写现代诗，基本的句法仍是奇偶相成。例如下面这四行：

> 路遥，正是测马力的时候
>
> 自命老骥就不该伏枥
>
> 问我的马力几何？
>
> 且附过耳来，听我胸中的烈火

如果都改成偶数的词组，就成了：

> 路遥，正该测验马力
>
> 自命老骥就不应该伏枥
>
> 问我马力几何？
>
> 附耳过来，听我胸中烈火

　　这样一来，就失去诗的节奏了。同理，在古典诗中，"其险也如此，嗟尔远道之人胡为乎来哉？"原是散文句，如果改成"崎岖蜀道险如此，嗟尔远人胡为来？"就较像诗句；而"一夫当关，万夫莫开"的散文句，也不妨诗化成"一夫当关众莫开"。只是这么一改，李白的《蜀道难》就变得太平滑、太流利，失去了原有的那种诗文句法相激相荡的突兀感和盘郁感，反而不像李白的七言乐府了。五言和七言的诗句还有句法可循，换了四言句，有时候就有点诗文难分。像杜甫的《画马赞》和曹操的《观沧海》，同为四言，曹作无论在平仄或用韵上都不及杜作整齐，却称之为诗，杜作反而称文。所以句法也不易作准。

　　第三个差异在分行分段。这一点在西洋诗尤其讲究，西洋诗若不分行，就没有煞尾句和跨行句的微妙变化，若不分段，就难以交织脚韵，且控制长诗的节奏，因为许多千行甚至万行以上的长诗都是使用一个段式（stanzaic form）到底的。但是这些对中国的古典诗并非必要，因为它非但不分行，甚至也不用标点。中国的古典诗绝少跨行句，当然不必分行，也少见百句以上的长篇，所以不必分段。新诗分行分段，是受西洋影响；现代诗分行而不加行末的标点，却是中西合璧。散文也分段，所以目前诗文之别主要在分行。这一分，竟容许多散文，甚至是恶劣的散文，伪装成诗。其实，像"暮春三月，江南草长，杂花生树，群莺乱飞"这样的句子，虽不分行，却比许多"分行的散文"更像诗。

第四个差异在音律。这在中国古典诗中，便是平仄的协调，而在西洋诗中，是指音节的排列，其目的在于控制节奏的轻重舒疾，使之变化有度。不过协调平仄是近体的事，在古体诗中并无严格的要求。反之，平韵到底的七古却忌所谓律句。五古之中，像杜甫的《梦李白》之句"路远不可测"五字全仄，"魂来枫林青"和"江湖多风波"又五字全平。沈德潜在《说诗晬语》中说："义山《韩碑》一篇中，'封狼生貙貙生罴'，七字平也；'帝得圣相相曰度'，七字仄也。气盛则言之短长与声之高下皆宜。"即使在近体诗中，像崔颢的《黄鹤楼》，颔联上句连用六仄，下句连用三平，全为古诗句法。至于首句，也平仄不调，严羽却推为唐人七律之冠。再如苏轼的词，李清照说他"往往不协音律"，嫌他"皆句读不葺之诗"，陈师道又说他"虽极天下之工，要非本色"，却无妨其为伟大作品。可见音律一事，也非区分诗与散文的绝对标准，何况散文的佳作在声调上面也自有讲究。中文字音既有平仄四声之别，称得上散文家的人，无论他笔下是古文或白话文，对平仄的错落相间，没有不敏感的。且以梁实秋的一段散文为例：

如果每个字都方方正正，其人大概拘谨；如果伸胳臂拉腿的都逸出格外，其人必定豪放；字瘦如柴，其人必如排骨；字如墨猪，其人必近于"五百斤油"。

这是典型的雅舍笔法，虽不刻意安排平仄，但字音入耳却起落有致，只要听每一句收尾的字音（正、谨、外、放、柴、骨、猪、油），在国语中四声交错，便很好听。句末的"油"字衬着前面的"猪"字，阳平承着阴平，颇为悦耳。如果末句改成"其人之近于'五百斤油'也可知"，句法不坏，但"知""猪"同声，就单调刺耳了。再看臧克家《运河》中的诗句：

> 头枕着江南四季的芳春，
> 尾摆着燕地冰天的风云。
> 听说你载着乾隆下过江南，
> 一阵小雨留下了不死的流传，
> 你看背后夕阳的颜色正红，
> 贴在"沙邱古渡"的歇马亭。
> 我知道，人间的苏杭，
> 你驮过红心的天子曾去沉醉，
> 仿佛八骏驮着古帝王……

　　读者只要对声调稍具敏感，念到第二至第七的六行，一定感到单调而难受，因为行末的六个字全是国音的阳平，也可见诗人的耳朵不必胜过散文家。

　　第五个差异在文法。常识主宰的散文世界，一到诗里，便由想象来接管。散文的世界要把事物的因果关系交代清楚，所以要讲究文法，诗的世界就主观得多，其因果律无须一五一十地交代，只要留些蛛丝马迹，让读者去慢慢追寻。孔子说："微管仲，吾其被发左衽矣！"这句话因果显明，及于字面，一看就是散文。但是像杜牧的《赤壁》：

　　　　折戟沉沙铁未销，自将磨洗认前朝。
　　　　东风不与周郎便，铜雀春深锁二乔。

　　后面两句也自有因果关系，但在文法上并无明显交代。换了散文来说，那些连接词就必须补上，变成了"假使当日东风不助周瑜，那么东吴兵败国亡，大小二乔就要给曹操掳去铜雀台上了"。散文辛苦地交代了半天，诗却简而言之，不需要动用连接词。散文像数学题，要一步步演算出来，诗凭顿悟，一下子就抓到了得数。新诗打破了格律的限制，却不知如何善用自由，句法既无约束，文法亦趋散文化，于是"因为，所以，然而，但是，况且，以及"等连篇累牍的连接词，阻塞了新诗的语言，读来毫无诗意。冯文炳说："旧诗内容是散文的，形式是诗的；新诗则恰恰相反，形式是散文的，内容是诗的。"这句话自信得十分可爱，却也十分误人。

诗句要求简练、含蓄、合律，在文法上乃成特殊的结构，比起散文来固然更耐读，却也常生歧义，难作定解。例如王维的"泉声咽危石，日色冷青松"，每一句中两件东西的关系全靠一个字的动词或形容词来联系，中间更无介系词来调整，虽说留出了想象的空间，却使那关系难以确定。王维这两句诗里，上句还易把握，因为能咽的只有泉声，不可能是危石。但是下句就不易解：到底是日色照到青松上使青松显得冷呢，还是日色因落在松间而自己显得冷，还是松上的日色看来一片凄冷，无所谓谁使谁冷呢？在散文里，就不会发生这种问题。同样地，辛弃疾的名句"不恨古人吾不见，恨古人不见吾狂耳！"有一次因为需要英译，解释不一，竟使我的朋友分成了两派：一派认为前句意为"不恨古人不见吾"，另一派则读成"不恨吾不见古人"。我认为"不恨吾不见古人"之解才对，因为前面刚说过如何仰慕陶潜，此意正好承上启下，同时"不恨吾不见古人"才与"恨古人不见吾"旗鼓相当，两个不见的否定式正与上半阕的两个互见的肯定式遥相呼应。所以有此一争，正因"不恨古人吾不见"是诗的倒装文法，易生歧义。像"恨古人不见吾狂耳"便是散文文法，只能有一种解释。"我见青山多妩媚，料青山见我应如是"，也是单元单向的散文文法。

4

诗与散文除了形式有异，在手法上也自不同。大体而言，诗好用意象，尤其是比喻，散文则相反。但也不可一概而论，因为《诗经》的赋比兴三体之中，"敷陈其事而直言之"的赋体也颇重要，《诗经》里有许多诗，后代也有许多诗，都属于这种手法。所谓"敷陈其事而直言之"，就是白描，也就是不用比喻。远古的诗人如陶潜，诗中绝少比喻，陶诗天真自然，这也是一大原因。苏轼说他在诗人之中独好渊明，并且写了许多和陶的诗。其实苏轼在诗人之中是一位比喻大师，这本领用来状物说理，最为淋漓尽致。《百步洪》起首才八句，就用了七个比喻。《读孟郊诗》第一首，就用了五个明喻、三个暗喻。至于像"横看成岭侧成峰"一类的诗，根本全诗就是一个隐喻。

但是中国的散文也久有用喻的传统，老子、庄子、孟子，莫不善于此道。哲学要说理，散文是说理的工具，比喻正是形象思维、具体说理的最好方式。例如《秋水》篇中，从河海的对话到鹔雏的寓言，用喻之多，令人目不暇接。拿庄子的散文和陶潜的诗对比一下，就很难说比喻只是诗的专利。

本文一开始，就指出诗是专任，散文却是兼差。诗和散文的难以区分，正在散文的种类太杂，有些散文与诗泾渭分明，有些散文却比诗更像诗。古人笔下往往诗文不分，例如《李长吉文集》明明只是诗集，杜甫要和李白"重与细论文"，白居易吊李白之句也说"可怜荒陇穷泉骨，曾有惊天动地文"。

以散文的功用来区分，我们说有议论文、叙事文、描写文、抒情文，还有身份暧昧的杂文。公文、新闻、书信、广告、说明书等，又形成更为庞杂的所谓应用文。应用文和诗的距离最大，其次是议论文，再次是叙事文，但到了描写文和抒情文，已经近乎诗了。前三种散文形式上不是诗，本质上也不是诗。后两种散文形式上不是诗，但本质上已经像诗。朱光潜把《世说新语》桓公北征见故柳而流涕的一段散文，和庾信用这典故在《枯树赋》中改写的一段韵文相比，显示原来的散文比韵文更有诗味。叙事文如果写得生动而富感情，也能逼近叙事诗。议论在散文大家的手里，照样可以音调铿锵，形象鲜活，感情充沛，饶有诗意。像苏轼的《留侯论》，虽然是一篇议论文，却有抒情之功，比起二三流诗人的平庸诗作来，美得多了。

好散文往往有一种综合美，不必全是美在抒情，所以抒情、叙事、写景、议论云云，往往是抽刀断水的武断区分。且以《前赤壁赋》为例。此文从开始到"何为其然也"，主要是叙事和写景，却兼有抒情；"客曰"和"苏子曰"两大段主要是议论，但就地取材于历史与水月，形象说理之中蕴含了写景与叙事，且也完成了抒情；"客喜而笑"以至文末，则是单纯的叙事。《前赤壁赋》美得像诗，但是感性之中有知性，并不"纯情"。许多拼命学诗的抒情散文，一往情深，通篇感性，背后缺乏思想的支持，乃沦为乱情滥感，只成了空洞的伪诗。

苏轼以赤壁怀古为题，还写了一首词。拿《念奴娇》和《前赤壁赋》对比一下，仍然可以看出诗和散文的差别。首先，二作同为月夜游江，散文却要交代那是何年何月何日，其地与夏口、武昌的相对位置如何，游江是通宵达旦，等等；但这些在诗中却无须交代。所以散文比较现实，常有一个特定时空做背景，诗比较想象，常以永恒做背景。其次，散文较诗重细节与过程，也就是说，散文较具叙事性，例如游江之时如何饮酒咏诗，扣舷而歌，如何吹箫，如何主客问答，如何食毕就寝，等等。但《念奴娇》中，一开始诗人便已在江上吊古，其间并无游江的细节和过程。所以散文是渐入，诗要一举而擒，乃是投入。最后，散文比较客观，诗比较主观。在《前赤壁赋》中，主客至少有三人，因为"客有吹洞箫者"说明不止一个游伴，苏轼的一番议论也用对话呈现。《念奴娇》中的诗人则是独语，他神游于故国，他举酒不是属客，而是对月。《前赤壁赋》作者以第三人称出现，胸怀旷达，劝他的朋友要"自其不变者而观之"。《念奴娇》的作者却是第一人称，激昂感慨之中透出寂寞，而华发也好，如梦也好，却是"自其变者而观之"了。客观，当较达观。主观，就不免自我嗟伤了。诗，毕竟更近作者的内心。徐志摩的《再别康桥》和《我所知道的康桥》，也可以这么比照分析。

综而观之，散文形形色色，其与诗之关系可分为三个层次。应用的散文，如果不注重音调和意象，又不流露多少感情，像科学的论文、药品的方单那样，可以称之为"绝对的散文"。但是应用文也不一定都属此类，像《出师表》《与陈伯之书》等有音调、有形象又有感情的公文、书信等，仍有与诗相近之处。另外，叙事文如果音调铿锵，议论文如果形象鲜明，两者又都富有感情，那就可听、可看、可感，可以称之为"相对的散文"。到了描写文和抒情文，尤其是抒情文，功用已经与诗相同，所不同的只是形式和技巧，可以称之为"诗质的散文"。

"诗质的散文"和诗之间，仍然有一些相对性的差异。它比较现实，诗比较想象。对于一种情景，它是渐入的，因此不免要交代细节与过程；诗是投入的，跳接的，因此无须详述这些。它比较客观，因此对读者多少得保持对话的姿态；诗比较主观，因此倾向于独白，无须太理会读者。前文我曾说过，诗文两栖的作家遇到可写的题材时，究竟该写成诗，还是该写成散文呢？常有鱼与熊掌之恨。大体上，如果作家侧重其事，就不妨写成散文，在"情节"上多留些纪念；如果作家珍惜其情，就可以写诗，买珠还椟，把不重要或不愿公开的"情节"留在个人记忆的禁地。李商隐的爱情不必铺张成散文，反之，沈复的爱情如果全"密码化"成律诗绝句，我们就无缘分享《浮生六记》中那些韵事趣事了。当然，才力富厚、左右逢源的作家，把一件事入诗之后，仍有余力笔之于文，而又不犯重复之病，那真是两全其美。

5

诗和散文在形式上和本质上的差异，大致分析如上。但这两大体裁正如相邻的两个大体，彼此之间必有影响。散文有如地球，诗有如月球：一方面，月球被地球所吸引，绕地球旋转，成为卫星，但地球也不能把月球吸得更近，力的平衡便长此维持；另一方面，月球对地球的吸引力，也形成了海潮。

柯立治说得很对："诗的真正反义语不是散文，而是科学。诗的反面是科学，散文的反面是韵文。"他把诗一剖为二，本质归诗，形式归韵文，解决了不少问题。诗无论有多自由，仍需以散文为"母星"，不能完全脱轨逸去。诗人不必兼为散文家，却应该知道什么是好散文。不少在诗的月光里掩掩藏藏的作者，一到阳光之中，便露出了原形。美人在月下应该更美，但总不应该不敢站到太阳下来。艾略特自己是大诗人，却说："好诗的第一个最起码的要求，便是具有好散文的美德。无论你审视什么时代的坏诗，都会发现其中绝大部分都欠缺散文的美德。"说到自由诗，他又说："许许多多的坏散文，都是假借自由诗的名义写出来的……只有一个坏诗人才会欢迎自由诗，当它作形式的解放。"

散文比诗接近口语，所以文法比诗自然。诗要自然，便不可完全违反口语。诗人的难题就在这分寸上：违反了口语会不自然，迁就了口语又欠精练；如何在诗中酌采散文的美德，使诗的语言和文法保持弹性，正是诗人的一大考验。弥尔顿的诗，句法冗长而又复杂，离散文常态太远，几乎变成了他一人的"方言"，难怪强调散文基本美德的艾略特要骂他"把英文写得像死文字一样"。另外，华兹华斯主张诗要运用口语，竟谓"在散文的语言和韵文的语言之间，没有重大的区别，也不该有"，难怪他后期的诗变得过于"散文化"，为论者所病。

朱光潜在《诗与散文》一文中说："诗的音律好处之一就

在给你一个整齐的东西做基础，可以让你去变化。散文入手就是变化，变来变去，仍不过是无固定形式。诗有格律可变化多端，所以诗的形式比散文的实较繁富。"这一番话十分中肯，和艾略特的看法颇合。诗的格律画地为牢，原是给庸才服从，给天才反抗的。格律要约束，诗人要反抗，两个相反的力量便形成了张力。我认为诗的张力有两面，一面是诗人对格律的反抗，一面是诗人对文法的反抗。文法，正是散文对诗的压力。有些诗人对这压力半迎半拒，或者借力使力，不着形迹。陶潜便是这样，所以他的诗句自然。李白的乐府歌行之所以气势奔放，一大原因在他不避散文的句法，他不反抗散文的压力，散文就倒过来反抗诗的格律。杜甫在律诗中正好相反，他不反抗格律的压力，格律就倒过来向他的句法施加压力，杜诗的沉郁顿挫跟这点颇有关系。杜甫的歌行也偶有散文的硬句，但是总不像李白那么放得开，那么快。在这方面，李白实在是一大散文诗人。

中国古典诗中，韩愈和苏轼常被人指摘"以文为诗"。两位诗人也是散文大家，把散文的气势带到诗里来，原是很自然的事。诗到宋朝，有意在唐诗的气象和神韵之外另辟天地，历来的诗评家总是嫌宋诗太散文化。所谓"以文为诗"，有几方面，在语言上，是用俗语和"硬语"等散文的词汇入诗。在句法上，则用散文的文法，而且不避虚字。在风格上，则常见叙事性和思想性，好发议论。这种倾向对唐诗是一个反动，失败的时候固然不免生硬而驳杂，但在语言上却比较多元，句法上可以巧拙相补，生熟相济，避免唐诗常有的滑利，风格上也可以扩大诗的经验，增加知性和实感，而避免一味抒情。这么看来，适度的散文化对于诗未必不能起健康的作用。

艾略特在《诗的音调》一文中说："有些诗是拿来唱的，现代的许多诗却是拿来说的，而可说的东西，在群蜂营营和古榆树间众鸽咕咕之外，还多得很。不顺之音，甚至不悦之音，也有其作用，正因为在稍长的诗中，大高潮的段落和小高潮的段落之间，必须有过渡地带，才能为起伏的感情配上全诗音调结构应有的节奏，而小高潮的段落，比起全首诗进行的层次来，便显得散文化了——所以在这种情况之下，我们不妨说，一位诗人若要写一首大诗，就必须先能掌握散文的一面。"艾略特此意，说来似颇复杂，其实正合乎我国诗评家所主张的以拙佐巧，以生济熟。诗要长保健康，追求变化，就不能不酌采散文之长。

散文侵入诗中，反之，诗也会侵入散文。赋在中国文体之中，实在是一个亦文亦诗的混血儿，一方面有散文的流畅句法，另一方面却有诗的华丽辞藻和铿锵韵律。但骈文名义上还算是文，不归于诗。拿《月赋》和《别赋》的任一段跟白居易的诗相比，可以看出文可能比诗更繁富而华丽，但是中国的批评家只说六朝文风纤弱，并不把过失记在诗的账上。中国的古典散文家，无论文体如何华丽，都没有人怪他"以诗为文"。这实在很有趣，因为英美有一派主张文贵情真的现代散文作家，包括前文述及的柯勒登·布洛克和毛姆等，满口推崇法国散文的冷静明晰，却力诋英国散文从布朗到卡莱尔、罗斯金的传统，认为本土的文豪太浪漫、太激昂、太野蛮，总之是"以诗为文"，污染了英国的散文。他们追溯"始作俑者"，甚至攻击到钦定本的英译《圣经》。

6

正如柯立治所说，诗和散文并不是截然相反的东西。散文是一切文体之根：小说、戏剧、批评，甚至哲学、历史等，都脱离不了散文。诗是一切文体之花，意象和音调之美能赋一切文体以气韵；它是音乐、绘画、舞蹈、雕塑等艺术达到高潮时呼之欲出的那种感觉。散文，是一切作家的身份证。诗，是一切艺术的入场券。

一九八〇年八月

我的四个假想敌

二女幼珊在港参加侨生联考[①]，以第一志愿分发台大外文系。听到这消息，我松了一口气，从此不必担心四个女儿通通嫁给广东男孩儿了。

我对广东男孩儿当然并无偏见，在港六年，我班上也有好些可爱的广东少年，颇讨老师的欢心，但是要我把四个女儿全都让那些"靓仔""叻仔"掳掠了去，却舍不得。不过，女儿要嫁谁，说得洒脱些，是她们的自由意志，说得玄妙些呢，是因缘，做父亲的又何必患得患失呢？何况在这件事上，做母亲的往往位居要冲，自然而然成了女儿的亲密顾问，甚至亲密战友，作战的对象不是男友，却是父亲。等到做父亲的惊醒过来，早已腹背受敌，难挽大势了。

在父亲的眼里，女儿最可爱的时候是在十岁以前，因为那时她完全属于自己。在男友的眼里，她最可爱的时候却在十七岁以后，因为这时她正像毕业班的学生，已经一心向外了。父亲和男友，先天上就有矛盾。对父亲来说，世界上没有东西能

---

① 即港澳台华侨生联考。——编者注

比稚龄的女儿更完美的了，唯一的缺点就是会长大，除非你用急冻术把她久藏，不过这恐怕是违法的，而且她的男友迟早会骑了骏马或摩托车来，把她吻醒。

我未用太空舱的冻眠术，一任时光催迫，日月轮转，再揉眼时，四个女儿都已依次长大，昔日的童话之门砰的一关，再也回不去了。四个女儿，依次是珊珊、幼珊、佩珊、季珊，简直可以排成一条珊瑚礁。珊珊十二岁的那年，有一次，未满九岁的佩珊忽然对来访的客人说："喂，告诉你，我姐姐是一个少女了！"在座的大人全笑了起来。

曾几何时，惹笑的佩珊自己，甚至最小的季珊，也都在时光的魔杖下，点化成"少女"了。冥冥之中，有四个"少男"正偷偷袭来，虽然蹑手蹑脚、屏声止息，我却感到背后有四双眼睛，像所有的坏男孩儿那样，目光灼灼，心存不轨，只等时机一到，便会站到亮处，露出伪善的笑容，叫我岳父。我当然不会应他。哪有这么容易的事？我像一棵果树，天长地久在这里立了多年，风霜雨露，样样有份，换来果实累累，不胜负荷。而你，偶尔过路的小子，竟然一伸手就来摘果子，活该蟠地的树根绊你一跤！

而最可恼的，却是树上的果子，竟有自动落入行人手中的样子。树怪行人不该擅自来摘果子，行人却说是果子刚好掉下来，给他接着罢了。这种事，总是里应外合才成功的。当初我自己结婚，不也是有一位少女开门揖盗吗？"堡垒最容易从内部攻破"，说得真是不错。不过此一时，彼一时。同一个人，过街时讨厌汽车，开车时却讨厌行人。现在是轮到我来开车。

好多年来，我已经习于和五个女人为伍，浴室里弥漫着香皂和香水气味，沙发上散置皮包和发卷，餐桌上没有人和我争酒，都是天经地义的事。戏称吾庐为"女生宿舍"，也已经很久了。做了"女生宿舍"的舍监，自然不欢迎陌生的男客，尤其是别有用心的一类。但自己辖下的女生，尤其是前面的三位，已有"不稳"的现象，却令我想起叶芝的一句诗：

一切已崩溃，失去重心。

我的四个假想敌，不论是高是矮，是胖是瘦，是学医还是学文，迟早会从我疑惧的迷雾里显出原形，一一走上前来，或迂回曲折，嗫嚅其词，或开门见山，大言不惭，总之要把他的情人，也就是我的女儿，从此领去。无形的敌人最可怕，何况我在亮处，他在暗里，又有我家的"内奸"接应，真是防不胜防。只怪当初没有把四个女儿及时冷藏，使时间不能拐骗，社会也无由污染。现在她们都已大了，回不了头。我那四个假想敌，那四个鬼鬼祟祟的地下工作者，也都已羽翼丰满，什么力量都阻止不了他们了。先下手为强，这件事，该乘那四个假想敌还在襁褓的时候，就予以解决的。至少美国诗人纳什（Ogden Nash，1902—1971）劝我们如此。他在一首妙诗《由女婴之父来唱的歌》（*Song to Be Sung by the Father of Infant Female Children*）之中，说他生了女儿吉儿之后，惴惴不安，感到不知什么地方正有个男婴也在长大，现在虽然还浑浑噩噩，口吐白沫，却注定将来会抢走他的吉儿。于是做父亲的每次在公园里看见婴儿车中的男婴，都不由神色一变，暗暗想："会不会是这家伙？"想着想着，他"杀机陡萌"（**My dream, I fear, are infanticidle**），便要解开那男婴身上的别针，朝他的爽身粉里撒胡椒粉，把盐撒进他的奶瓶，把沙撒进他的菠菜汁，再扔头优游的鳄鱼到他的婴儿车里陪他游戏，逼他在水深火热之中挣扎而去，去娶别人的女儿。足见诗人以未来的女婿为假想敌，早已有了前例。

不过一切都太迟了。当初没有当机立断，采取非常措施，像纳什诗中所说的那样，真是一大失策。如今的局面，套一句史书上常见的话，已经是"寇入深矣"！女儿的墙上和书桌的玻璃垫下，以前的海报和剪报之类，还是披头士、拜丝、大卫·凯西蒂的形象，现在纷纷都换上男友了。至少，滩头阵地已经被入侵的军队占领了去，这一仗是必败的了。记得我们小时，这一类的照片仍被列为机密要件，不是藏在枕头套里，贴着梦境，便是夹在书堆深处，偶尔翻出来神往一番，哪有这么二十四小时眼前供奉的？

这一批形迹可疑的假想敌，究竟是哪年哪月开始入侵厦门街余宅的，已经不可考了。只记得六年前迁港之后，攻城的军事便换了一批口操粤语的少年来接手。至于交战的细节，就得问名义上是守城的那几个女将，我这位"昏君"是再也搞不清的了。只知道敌方的炮火，起先是瞄准我家的信箱，那些歪歪斜斜的笔迹，久了也能猜个七分；继而是集中在我家的电话，"落弹点"就在我书桌的背后，我的文苑就是他们的沙场，一夜之间，总有十几次"脑震荡"。那些粤音平上去入，有九声之多，也令我难以研判敌情。现在我带幼珊回了厦门街，那头的广东部队轮到我太太去抵挡，我在这头，只要留意台湾健儿，任务就轻松多了。

信箱被袭，只如战争的默片，还不打紧。其实我宁可多情的少年勤写情书，那样至少可以练习作文，不至于在视听教育的时代荒废了中文。可怕的还是电话中弹，那一串串警告的铃声，把战场从门外的信箱扩至书房的腹地，默片变成了身历声，假想敌在实弹射击了。更可怕的，却是假想敌真的闯进了城来，成了有血有肉的真敌人，不再是假想了，不再是好玩的了，就像军事演习到中途，忽然真的打起来了一样。真敌人是看得出来的。在某一女儿的接应之下，他占领了沙发的一角，从此两人呢喃细语。嗫嚅密谈，即使脉脉相对的时候，那气氛也浓得化不开，窒得全家人都透不过气来。这时几个姐妹早已回避得远远的了，任谁都看得出情况有异。万一敌人留下来吃饭，那气氛就更为紧张，好像摆好姿势，面对照相机一般。平时鸭塘一般的餐桌，四姐妹这时像在演哑剧，连筷子和调羹都似乎得到了消息，忽然小心翼翼起来。明知这僭越的小子未必就是真命女婿（谁晓得宝贝女儿现在是十八变中的第几变呢？），心里却不由自主地升起一股淡淡的敌意。也明知女儿正如将熟之瓜，终有一天会蒂落而去，却希望不是随眼前这自负的小子。

当然，四个女儿也自有不乖的时候，在恼怒的心情下，我就恨不得四个假想敌赶快出现，把她们统统带走。但是那一天真要来到时，我一定又会懊悔不已。我能够想象，人生的两大寂寞，一是退休之日，一是最小的孩子终于也结婚之后。宋淇有一天对我说："真羡慕你的女儿全在身边！"真的吗？至少目前我并不觉得自己有什么可羡之处。也许真要等到最小的季珊也跟着假想敌度蜜月去了，才会和我存并坐在空空的长沙发上，翻阅她们小时的相簿，追忆从前六人一车长途壮游的盛况，或是晚餐桌上，热气蒸腾，大家共享的灿烂灯光。人生有许多事情，正如船后的波纹，总要过后才觉得美的。这么一想，又希望那四个假想敌、那四个笨手笨脚的小伙子，还是多吃几口闭门羹，慢一点出现吧。

袁枚写诗，把生女儿说成"情疑中副车"，这书袋掉得很有意思，却也流露了重男轻女的封建意识。照袁枚的说法，我是连中了四次副车，命中率够高的了。余宅的四个小女孩儿现在变成了四个小妇人，在假想敌环伺之下，若问我择婿有何条件，一时倒恐怕答不上来。沉吟半晌，我也许会说："这件事情，上有月下老人的婚姻谱，谁也不能篡改，包括韦固；下有两个海誓山盟的情人，'二人同心，其利断金'，我凭什么要逆天拂人，梗在中间？何况终身大事，神秘莫测，事先无法推理，事后不能悔棋，就算交给二十一世纪的电脑，恐怕也算不出什么或然率来。倒不如故示慷慨，伪作轻松，博一个开明父亲的美名，到时候带颗私章，去做主婚人就是了。"

问的人笑了起来，指着我说："什么叫作'伪作轻松'？可见你心里并不轻松。"

我当然不轻松，否则就不是她们的父亲了。例如人种的问题，就很令人烦恼。万一女儿发痴，爱上一个耸肩、摊手、口香糖嚼个不停的小怪人，该怎么办呢？在理性上，我愿意"有婿无类"，做一个大大方方的世界公民。但是在感情上，还没有大方到让一个臂毛如猿的小伙子把我的女儿抱过门槛。

现在当然不再是"严夷夏之防"的时代，但是一任单纯的家庭扩充成一个小型的联合国，也大可不必。问的人又笑了，问我可曾听说混血儿的聪明超乎常人。我说："听过，但是我不稀罕抱一个天才的'混血孙'。我不要一个天才儿童叫我grandpa，我要他叫我外公。"问的人不肯罢休："那么省籍呢？"

"省籍无所谓。"我说，"我就是苏闽联姻的结果，还不坏吧？当初我母亲从福建写信回武进，说当地有人向她求婚。娘家大惊小怪，说：'那么远！怎么能嫁给南蛮？！'后来娘家发现，除了言语不通之外，这位闽南姑爷并无可疑之处。这几年，广东男孩锲而不舍，对我家的压力很大，有一天闽粤结成了秦晋，我也不会感到意外。如果有个台湾少年特别巴结我，其志又不在跟我谈文论诗，我也不会怎么为难他的。至于其他各省，从黑龙江直到云南，口操各种方言的少年，只要我女儿不嫌他，我自然也欢迎。"

"那么学识呢？"

"学什么都可以。也不一定要是学者，学者往往不是好女婿，更不是好丈夫。只有一点：中文必须精通。中文不通，将祸延吾孙！"

客又笑了。"相貌重不重要？"他再问。

"你真是迂阔之至！"这次轮到我发笑了，"这种事，我女儿自己会注意，怎么会要我来操心？"

笨客还想问下去，忽然门铃响起。我起身去开大门，发现长发乱处，又一个假想敌来掠余宅。

一九八〇年九月于厦门街

假如我有九条命

假如我有九条命，就好了。

一条命，可以专门应付现实的生活。苦命的丹麦王子说过：既有肉身，就注定要承受与生俱来的千般惊扰。现代人最烦的一件事，莫过于办手续，办手续最烦的一面莫过于填表格。表格愈大愈好填，但要整理和收存，却愈小愈方便。表格是机关发的，当然力求其小，于是申请人得在四根牙签就能塞满的细长格子里填下自己的地址。许多人的地址都是节外生枝，街外有巷，巷中有弄，门牌还有几号之几，不知怎么填得进去。这时填表人真希望自己是神，能把须弥纳入芥子，或者只要在格中填上两个字——"天堂"。一张表填完，又来一张，上面还有密密麻麻的各条说明，必须皱眉细阅。至于照片、印章，以及各种证件的号码，更是缺一不可。于是半条命已去了，剩下的半条勉强可以用来回信和开会——假如你找得到相关的来信，受得了邻座的烟熏。

一条命，有心留在台北的老宅，陪伴父亲和岳母。父亲年逾九十，右眼失明，左眼不清。他原是最外向好动的人，喜欢与乡亲契阔谈宴，现在却坐困在半昧不明的寂寞世界里，出不得门，只得追忆冥隔了二十七年的亡妻，怀念分散在外地的儿子、儿媳和孙女。岳母也已过了八十，五年前断腿至今，步履不再稳便，却能勉强以蹒跚之身，照顾旁边的朦胧之人。她原是我的姨母，家母亡故以来，她便迁来同住，主持失去了主妇之家的琐务，对我的殷殷照拂，情如半母，使我常常感念天无绝人之路：我失去了母亲，神却再补我一个。

一条命，用来做丈夫和爸爸。世界上大概很少全职的丈夫，男人忙于外务，做这件事不过是兼差。女人做妻子，往往却是专职。女人填表，可以自称"主妇"（housewife），却从未见过男人自称"主夫"（househusband）。一个人有好太太，必定是天意，这样的神恩应该细加体会，切勿视为当然。我觉得自己做丈夫比做爸爸要称职一点儿，原因正是有个好太太。做母亲的既然那么能干而又负责，做父亲的也就乐得"垂拱而治"了。所以我家实行的是"总理制"，我只是合照上那位俨然的元首。四个女儿天各一方，负责通信、打电话的是母亲，做父亲的总是在忙别的事情，只是心底默默怀念着她们。

一条命，用来做朋友。中国的"旧男人"做丈夫虽然只是兼职，但是做起朋友来却是专任。妻子如果成全丈夫，让他仗义疏财，去做一个漂亮的朋友，"江湖人称小孟尝"，便能赢得贤名。这种有友无妻的作风，"新男人"当然不取。不过新男人也不能遗世独立，不交朋友。要表现得"够朋友"，就得有闲、有钱，才能近悦远来。又穷又忙的人怎敢放手去交游？我不算太穷，却穷于时间，在"够朋友"上只敢维持低姿态，大半仅是应战。跟身边的朋友打完消耗战，再无余力和远方的朋友隔海越洲维持庞大的通信网了。演成近交而不远攻的局面，虽云目光如豆，却也鞭长莫及。

一条命，用来读书。世界上的书太多了，古人的书尚未读通三卷两帙，今人的书又汹涌而来，将人淹没。谁要是能把朋友题赠的书通通读完，在斯文圈里就称得上是圣人了。有人读书，是纵情任性地乱读，只读自己喜欢的书，也能成为名士。有人呢，是苦心孤诣地精读，只读名门正派的书，立志成为通儒。我呢，论狂放不敢做名士，论修养不够做通儒，有点不上不下。要是我不写作，就可以规规矩矩地治学；或者不教书，就可以痛痛快快地读书。假如有一条命专供读书，当然就无所谓了。

书要教得好，也要全力以赴，不能随便。老师考学生，毕竟范围有限，题目有形。学生考老师，往往无限又无形。上课之前要备课，下课之后要阅卷，这一切都还有限。倒是在教室以外和学生闲谈问答之间，更能发挥"人师"之功，在

"教"外施"化"。常言"名师出高徒",未必尽然。老师太有名了,便忙于外务,席不暇暖,怎能即之也温?倒是有一些老师"博学而无所成名",能经常与学生接触,产生实效。

另一条命应该完全用来写作。台湾的作家极少是专业的,大半另有正职。我的正职是教书,幸而所教与所写颇有相通之处,不至于互相排斥。以前在台湾,我日间教英文,夜间写中文,颇能并行不悖。后来在香港,我日间教三十年代文学,夜间写八十年代文学,也可以各行其是。不过艺术是需要全身心投入的活动,没有一位兼职然而认真的艺术家不把艺术放在主位。鲁本斯任荷兰驻西班牙大使,每天下午在御花园里作画。一位侍臣从园中走过,说道:"哟,外交家有时也画几张画消遣呢。"鲁本斯答道:"错了。艺术家有时为了消遣,也办点外交。"陆游诗云:"看渠胸次隘宇宙,惜哉千万不一施!空回英概入笔墨,生民清庙非唐诗。向令天开太宗业,马周遇合非公谁?后世但作诗人看,使我抚几空嗟咨。"陆游认为杜甫之才应立功,而不应仅仅立言,看法和鲁本斯正好相反。我赞成鲁本斯的看法,认为立言足自豪。鲁本斯所以传后,是由于他的艺术,不是他的外交。

一条命,专门用来旅行。我认为没有人不喜欢到处去看看:多看他人,多阅他乡,不但可以认识世界,亦可以认识自己。有人旅行是乘豪华邮轮，谢灵运在世大概也会如此。有人背负行囊翻山越岭，有人骑自行车环游天下。这些都令我羡慕。我所优为的，却是驾车长征，去看天涯海角。我的太太比我更爱旅行，所以夫妻两人正好互做旅伴，这一点只怕徐霞客也要艳羡。不过徐霞客是大旅行家、大探险家，我们，只是浅游而已。

最后还剩一条命，用来从从容容地过日子，看花开花谢，人往人来，并不特别要追求什么，也不被"截止日期"所追迫。

一九八五年七月七日